TAKE
SHOBO

皇帝陛下の溺愛花嫁
結婚三日前に前世の記憶が蘇ったので全力で旦那様をお守りします

御厨 翠

Illustration
Ciel

JN038810

蜜猫
MitsuNeko

TAKE
SHOBO

皇帝陛下の溺愛花嫁

結婚三日前に前世の記憶が蘇ったので
全力で旦那様をお守りします

御厨 翠

Illustration
Ciel

蜜猫
MitsuNeko

contents

イラスト／Ｃｉｅｌ

皇帝陛下の溺愛花嫁

結婚三日前に前世の記憶が蘇ったので全力で旦那様をお守りします

プロローグ

麻生早都子《あそうさとこ》は、どこにでもいる普通の会社員だった。

高校を卒業したのちに、ＩＴ関連の中小企業に就職。仕事内容は、大手企業の情報処理サービスの三次請けだったが、特に不満もなく働いていた。

ただ、中小企業のため、人員のバックアップ体制が十分とは言えず、納期前などは会社に泊まり込むことがザラにある。俗に言うブラック企業というやつだ。

それでも早都子は、仕事に励んでいた。やりがいや責任感という耳心地のいい理由ではない。ただひたすら、〝推し〟に課金するためだけに働いていた。

早都子の推しは、『皇子殿下の運命の恋人』という恋愛小説シリーズの登場人物だ。小説はコミカライズ化を機に一気に部数を伸ばし、十代から五十代の幅広い世代の女性を中心にヒットした。

人気声優によるドラマＣＤ化に、アプリゲーム化まで世界は広がり、関連グッズも多く出ている。これは、原作小説がただの恋愛ものに留《とど》まらず、ヒーローの英雄譚《たん》でもあり、魅力的な男性キャラクターが複数いることも理由のひとつだろう。

（今日も、ランベール様が尊い……）

ランベール・ベントラントは、『皇子殿下の運命の恋人』に出てくるキャラクターのひとりである。ヒーローとヒロインの前に立ちはだかる敵国の皇帝であり、小説第一部のいわゆるラスボスだが、早都子の尊き推しだった。

自分のデスクの上に置いてあるアクリルスタンドを眺めながら、早都子は癒やされるのを感じて微笑《ほほえ》んだ。

納品が終わったばかりのオフィス内は、現在早都子ひとりだけだ。椅子の背もたれに寄りかかり、両腕を上げて大きく伸びをすると、栄養剤を一気飲みする。

あと数時間後には、また出社しなければいけない。一度アパートに戻るとなると、睡眠時間はせいぜい三時間取れればいいほうだ。

二十六年間の人生で恋人がいたこともなく、田舎にいる家族とは折り合いが悪い。学生時代の友人とも、就職を機に疎遠になった。

頼る人もおらず、ろくに眠れないほど残業ばかりの仕事に追われ、身体はぼろぼろだ。それでも早都子の心が折れなかったのは、ひとえに推しがいてくれたからだ。

生きていくために必要なのは、食事や睡眠だろう。しかし早都子の場合は、ランベールの存在こそが心の栄養源で生きる意味だ。

彼のために公式グッズに課金した額は、他人が聞いたら眉をひそめるだろうが、今の生活で必要なのは、心を潤して癒《いや》してくれる推しだった。

早都子はスマホを手に取ると、電子書籍サイトのアプリを開く。小説は紙の本でも所有しているが、電子版も購入している。いつでもどこでも読めるからだ。

今日はコミカライズの単話版配信日で、読むのを心待ちにしていた。

（小説のイラストレーター様ご本人がコミカライズとか最高すぎる！　漫画のランベール様もキレっキレの作画だし、原作に忠実かつ美麗でまさに神作！）

もちろんコミカライズにも絶賛レビューを書いている。それも、文字数上限まで使い切ってである。しかし、それだけの文字数を使ってもこの感動は言葉にならない。

（コミカライズがヒットすれば、アニメ化も夢じゃない！　もちろんランベール様は、ドラマCDでも担当した声優さんにお引き受けいただいて……ああ、夢が広がる！　当然円盤化の暁には限定版と通常版をそれぞれ二本ずつ買って、店舗特典もすべて手に入れますとも！　公式さん、どうか課金させてくださいね……っ）

心の中で妄想に励んでいると、メッセージアプリの音が鳴った。すかさずアプリを開いた早都子は、興奮しつつ返信を送る。

相手は、『皇子殿下の運命の恋人』繋《つな》がりで知り合った女性だ。ちなみにこの作品を愛する女性たちは、通称『ラバ民』と呼ばれている。タイトルの『恋人』の部分を取った同志に対する愛称だが、ＳＮＳを中心に広がっていた。ちなみに、ラバ民で直接繋がっている同志は、ラバ友という名称だ。

　早都子のラバ友は、さっそくコミカライズ版の最新話を読んだらしく、熱い感想を綴《つづ》っていた。心の中で同意しながら読んでいた早都子だが、最後に書いてある文を見て思わず叫んだ。

「低評価レビューって何よそれ……！」

　ラバ友の話によると、低評価レビューはコミカライズ版についていたらしい。

『原作でも思ったけどランベールが偉そうで好みじゃないので、皇帝の過去の話は面白くないです。作者さんは力のある方なので、上手《うま》く構成してヒーローとヒロインのイチャイチャを多めにしてください。この話だけの評価だと星1ですが、期待をこめて星2で』

（あんたはどの立場で物を言ってるんだ――――！）

　危うく携帯を放り投げてしまいそうになり、なんとか堪える。

（構成に口を出すとか編集者か？　いやその前にあんたの好みなんて聞いてないわ！　レビューって自分の希望やら好みを書く場なんですかねえ⁉　原作を読んだファンなら、公共の場で作品を貶《おとし》めるんじゃないわよ！　これで作家さんのモチベーションがさがったらどう責任取ってくれるのよ！）

　デスクを拳で叩《たた》きながら、心の中で憤《いきどお》る。

　ランベールを好きな人はたくさんいる。だが、好みは千差万別で、嫌いな人だって当然いるだろう。そんなことは、百も承知だ。

それでも、『皇子殿下の運命の恋人』という作品と、ランベールというキャラクターに救われた早都子としては、心ないレビューが許せない。

（レビューはあんたの読書記録をつけたり、要望を言う場所でもないですから！　あー、腹立つ！　こういう輩《やから》は自分の意見こそすべてで、ランベール様を好きなラバ民がいるって想像できないんだろうけどね）

顔も知らないレビュワーにひとしきり悪態をつくと、仕事で疲労していたはずの気力が蘇ってきた。

ラバ民として、ランベールのアンチすら黙るほど魅力を語り尽くそうとやる気が漲《みなぎ》る。やはり、今の早都子には『皇子殿下の運命の恋人』が必要不可欠なのだ。

「レビューはもう書いちゃったし、今度はファンレターを書こうかな」

気を取り直した早都子は、嫌な気分になるレビューを打ち消すくらいに、作品への愛を手紙に綴ろうと決めた。

いかに『皇子殿下の運命の恋人』にハマり、どれだけ支えてもらったか。

早都子にとって、ランベールはただの小説のキャラクターではない。生きるために必要な栄養源であり、精神的な支えだ。

もしも仮に、ランベールと直接話すことができたなら。いかに彼の存在に支えられてきたのかを語り尽くすに違いない。

過酷な境遇に身を置いている彼を癒やし、今度は自分が支えたい。

そんな妄想をするくらいに、早都子はランベールを想《おも》っている。

（ランベール様と直接話すことはできないけど、作品を生み出してくれた作者さんには感謝を伝えることができるもんね）

心の安定が保てているのは、ランベールのおかげだ。感謝せずにはいられない。

「あっ！　最新話はランベール様の過去回だった！　早く読まなきゃ」

本当は今すぐに帰ってシャワーを浴びて、少しでも睡眠時間を確保したほうがいい。けれど早都子は体力の回復よりも、萌《も》えという名の心の充足を求め、電子書籍サイトのアプリを再度開く。

『皇子殿下の運命の恋人』コミカライズ版のページで、〝NEW！〟の赤文字を見てにんまりし、推しとの逢瀬《おうせ》を堪能しようとしたときである。

目の前の光景が歪《ゆが》み、激しい頭痛に襲われた。

（えっ……何、これ……）

持っていた携帯が床に落ちる。しかし拾うこともできず、手足が震えて動かない。心臓は引き絞られたように痛み、呼吸がどんどん浅くなっていく。

（……救急車……救急車を、呼ばなきゃ……）

助けを呼ぼうとしても声が出ず、救急車を呼ぼうにも携帯は床に落ちたままだ。

(誰か……助けて……)

狭くなっていく視界の中で、早都子は自分の人生の終わりを感じ取っていた。

第一章　思い出した前世

ベルモルフ大陸は、現在四つの大国が覇権を争っていた。

そのうちの一国であり、大陸の南に位置するベントラント帝国は、度重なる戦によって領土を拡大してきた軍事大国である。

温暖な気候と肥沃な土地柄から、帝国民が飢えに苦しむことはない。しかし、先々帝が領土拡大のために起こした戦争は長期に亘《わた》り、その結果、先帝の命を奪うことになった。享年三十二歳。早すぎる逝去である。

皇位を空にするわけにいかなかった帝国は、皇位継承権第一位の皇子を皇位に据えた。

ランベール・ベントラント。後に、『獣帝《じゅうてい》』の異名で大陸中にその名を知られることになる彼は、皇位に就いたときはまだ十歳。だがその後、幼い皇帝は自身の地位を脅かされながらも逞《たくま》しく成長していき、先帝の御代《みよ》よりさらに帝国を発展させていくことになる。

「ううう……救急車……ッ」

アルシオーネ・コデルリエは、ありえないほどの頭痛と喉の渇き、それに腹部の激痛で目が覚めた。

全身が怠《だる》く呼吸が整わない。自分がなぜこんな状態に陥っているのか疑問を感じていると、徐々に目の焦点が合ってくる。するとまず視界に飛び込んできたのは、愛する父母と兄の顔だった。

「お、父様……みんな、お揃《そろ》いで……どうされたのですか……？」

掠《かす》れた声で話しかけたアルシオーネに、父は瞠目《どうもく》し、母は大粒の涙を流し、兄はぐっと喉を詰まらせている。

「アルシオーネ……！　おお、神よ！　我が娘を手元にお返しくださり感謝します……！」

感激に打ち震える父の声と、無言で肩を震わせる母と兄の姿を目の当たりにし、自分の身に何が起きたのかをぼんやりと考える。

（たしか……お父様やお母様と食事をしていたのよね）

皇宮入りを一週間前に控えたアルシオーネは、緊張や寂しさが相まって少し気鬱になっていた。それも無理もない話で、此度《こたび》の婚姻は完全な政略だったからだ。

アルシオーネの夫となる人は、ベントラント帝国を統べる皇帝――ランベール・ベントラントその人である。

年齢は二十九歳。アルシオーネとは十三歳離れている。そのうえ、言葉を交わしたのは片手で数えられる回数しかない。

ランベールは、ここ数年間、近隣国との戦に注力していた。

戦場での彼は、『獣帝』の異名どおりに、獣のごとき残虐さと、悪魔のごとき策謀をもって他国を蹂躙《じゅうりん》する。自国が危機に晒《さら》されないように防衛しているとのことだが、戦闘狂ではないかとも噂《うわさ》されていた。

宮殿にいるよりも、圧倒的に戦場にいる時間が長いため、いまだ結婚をしておらず、世継ぎがいない状態だ。

皇帝が不在の間、執政を任されているのが、宰相フェルナン・コデルリエ。アルシオーネの父であり、帝国貴族序列第一位の公爵家当主である。

現在、ベントラント帝国の貴族は、皇帝派のほかに、第二皇子を皇帝にと望む第二皇子派と中立派とに分かれていた。というのも、ランベールの義母であり、第二皇子の実母である皇太后が、自身の息子を皇位に就けようと躍起になっているのだ。そのため、実質第二皇子の派閥は皇太后派と言ってもいい。

そこで皇帝派の貴族は、こぞってランベールに妙齢の娘を差し出し、皇妃にしようとした。ひとえに、世継ぎ誕生のため、ひいてはランベールの安定した治世のためだ。

けれど、本人がそれを受け入れることはなかった。十代のころは戦争に次ぐ戦争で、婚約どころの話ではなかったのである。

ようやく諸国との関係が落ち着き始めたころには、ランベールは二十代後半にさしかかっていた。相変わらず皇妃を迎え入れるつもりがない皇帝に業を煮やした家臣らは、『世継ぎを作るのも皇帝の義務』だと説き伏せた。

そこで選ばれたのが、建国の折より存在する由緒ある家門で、皇帝の忠臣・コデルリエ公爵家の娘、アルシオーネである。

これらが皇帝と帝国が抱えてきた問題で現状だ。――だが。

(思い出した！　ここは……『皇子殿下の運命の恋人』の世界だわ！)

アルシオーネは、身体の痛みを一瞬忘れ、胸を歓喜で震わせる。

公爵家の娘として生を享《う》けて十六年。人よりも身体が弱く、社交界にデビューした後はほとんど公の場に顔を見せなかったが、その分、皇妃となるための教員を受けてきた。

皇帝自身にその気はなかったが、だからといって皇妃をいつまでも決めないわけにいかない。そこで皇帝派の貴族たちは、派閥の中からめぼしい候補の娘を選び、極秘で妃教育を行っていた。その中でも、公爵家という家柄と宰相の父を持つアルシオーネは、皇妃候補の中で一番期待されていた娘だ。

父からは『皇妃が務まらないと思ったら辞退してもよい』と言われていた。虚弱なアルシオーネを慮《おもんぱか》っての言葉だが、自分が公爵家と帝国のためにできることはこれしかないと、妃教育に励んだ。

世継ぎを残すために皇妃を、という声に折れた皇帝が、妃を迎え入れることを承諾したのは、今から半年前のことだ。家臣から候補者の絵姿と身上書を上申された皇帝が、自らの妃に選んだのがアルシオーネだったというわけだ。

皇帝の気が変わらぬうちにと、それから輿入《こしい》れの準備が進み、ようやくあと一週間で皇宮入り、という段になったのだが。

（……まさか、毒殺されかけるとはね。そういえば、ランベール様の妃が結婚前に毒殺されかけたってエピソードがあったわ）

自分に起こった出来事と、つい先ほど思い出した小説の記憶を照らし合わせ、心の中で得心する。

アルシオーネはとある人物により、食事に毒を入れられ、昏睡《こんすい》状態に陥っていた。つまり、毒殺されかけたのである。

使われた毒は、トウゴマという植物の種子だ。リシンという猛毒が含まれており、経口摂取すれば呼吸困難、血圧低下などの症状に陥る危険な植物だ。

公爵家にも当然毒味役がいるが、その毒味役自体が犯人だった場合、毒物の混入は防ぎようもない。

（あの日も、サリーがわたしの食事を毒味してくれていた）

毒味役は、公爵家に仕えるようになって十年になるサリーという女性だった。気立てがよく、屋敷の使用人たちからも信頼されていただけに、皆ショックを受けているだろう。

しかし、サリーが単独で公爵家の令嬢の毒殺を企《たくら》んだわけではない。

犯人の裏にいるのは、皇太后だ。他国で流通している毒物を極秘裏に入手し、毒味役に手渡した。『公爵の娘を殺せれば、あなたの望みを叶《かな》える』と唆《そそのか》して。

サリーの実家は、皇太后の策略により窮地に陥っていた。彼女はもともと男爵家の娘だったが、父親が莫大な借金を負って爵位を失いかけていた。そこに手を差し伸べ、アルシオーネの毒殺を指示したのが皇太后というわけだ。

甘言に乗せられたサリーは、アルシオーネに毒を盛って公爵家から逃走したが、じきに皇太后の手の者に命を奪われることになる。

(でもこれは、まだ皆が知らない情報……前世で小説を読んだからこそ知っている『自分のみが知る事実』だわ)

アルシオーネは、この毒殺未遂をきっかけに前世を思い出した。生死の境を彷徨《さまよ》っていたときに、かつて自分が日本という国で、ブラック企業に勤めていたことが『夢』という形で脳裏に蘇ってきたのだ。

だから今は、アルシオーネとして生きてきた十六年の歳月と、前世で麻生早都子として生きた二十六年分の記憶がある。そのため、ここが早都子の愛した『皇子殿下の運命の恋人』の世界だと気づいたのだ。

（……身体はつらいのに、記憶だけはすごい勢いで思い出せる）

先ほど頭痛がしたのも、急激に前世の記憶が脳に刻まれているからだ。それに加え、毒に侵されている身体が悲鳴を上げているのだろう。

朦朧《もうろう》とした意識で状況を把握している間にも、母と兄は手を握って励ましてくれる。せめて自分は大丈夫だと伝えたいが、上手く言葉にならない。

「アルシオーネ！　陛下が派遣してくださった皇宮医だ。もう心配はいらないぞ」

父が部屋に入れたのは、年嵩《としかさ》の医師だった。

まだ自分では動けないアルシオーネは、おとなしく診察を受けているうちに、ふたたび意識が闇に沈んだ。


次に目覚めたのは、それから一日後だった。

毒を盛られて一時は命を危ぶまれたが、四日目で目覚め、五日目には回復していた。皇宮医の話では、体力さえ回復すれば後遺症の類も残らないと言われている。さすがに転生したとわかってすぐに命を落とすのは切ないので、アルシオーネは胸をなで下ろした。

（違和感があってすぐに食事の手を止めたのがよかったのね）

公爵家の娘として、幼いころから少しずつ毒物に慣らされてきたとはいえ、あまり身体が丈夫ではなく耐性もほとんどない。ただ、人よりも少し嗅覚と味覚には敏感だったため、変化を敏感に察知することができる。

十六歳まで生きてこられたのは、優れた感覚を持っていたことが十二分に影響しているだろう。

今回、回復に少々時間がかかっているのは、虚弱であるのも理由のひとつに違いない。だが、帝国内で流通していない毒だったことも影響している。

（……これからは、もっと気をつけないといけないってことね）

アルシオーネはため息をつくと、長椅子の上で寛《くつろ》いだ。

すでに寝台から起き上がれるくらいに回復しているが、まだ自室から出ることは叶わない。家族はもちろん、皇帝の厳命だというから従わないわけにはいかない。

毒殺未遂事件は、その当日にランベールの耳に入ったという。もちろん、父のフェルナンが極秘で報告したのだ。

皇宮入りを一週間後に控えての事件発生に、ランベールは犯人を必ず捕まえるよう直属の騎士団に命じ、現在捜索中である。

アルシオーネの治療には帝国内で最高の医術を誇る皇宮医を派遣し、護衛として騎士団の中でも一番の実力者、ジャック・ルキーニを寄越《よこ》した。

彼《か》の騎士は今も部屋の外に立ってアルシオーネを守ってくれているが、そんな実力の持ち主を拘束して申し訳ないと思う。

（……まずはこの顔色をどうにかしないと）

鏡の中の自分を眺め、小さく息をつく。

十六年間慣れ親しんだ自分の姿かたちは、前世の記憶が蘇ったことで、感慨深く目に映る。寝込んでいたせいで顔色は悪かったが、それでもアルシオーネの美貌を損なわせることはなかった。

腰骨の付近で緩やかに波打つ銀の髪も、長い睫毛《まつげ》に縁取られた大きな碧眼《へきがん》も、透き通るような白い肌も。社交界の花と謳《うた》われた母・エディット譲りの美しさを誇っている。知性を感じさせるまなざしは、父親似だと褒められたものだ。

（予定どおりであれば、明日が皇宮入りだったのよね）

巷《ちまた》では、帝国の皇帝が妃を娶《めと》ると早くも噂になっている。これは、皇帝派があえて流したものだが、帝国民は慶事に湧いた。長らく続いた戦の記憶はまだ生々しく、どこか閉塞感が漂っていたが、ようやく明るい話題が出たことに安堵《あんど》したのだ。

国民の間では、早くも皇子の誕生を心待ちにする声が上がっている。しかし、件《くだん》の事件発生で皇宮入りは延期となっていた。

対外的には、アルシオーネの体調不良という態を取っているが、長く続けば皇太后派につけいる隙を与えることになってしまう。

(わたしが皇宮入りしないことには、お父様の立場だって悪くなるわ)

皇妃となる者は、まず皇宮入りし、皇族や宮のしきたりを学ぶ。教育期間を経て、晴れて正式に国内外へ結婚を周知するのだ。

ようやくランベールが承知したというのに、肝心のアルシオーネが皇宮入りしなければ話にならない。アルシオーネの皇宮入りが遅れたことで、父は皇太后派のみならず、皇帝派からも非難されかねない状態だ。

コデルリエの家族は、皆とても優しい。毒殺未遂があって以降、父母や兄は、アルシオーネに『皇妃にならなくてもいい』と言ってくれた。皇宮入り直前で起こった事件だ。皇妃となる存在を邪魔に思う人間の犯行だと、口に出さずとも察している。

(でもわたしは、逃げるわけにいかないわ。コデルリエ家のために……そして、前世の自分を支えてくれたランベール様のために)

鏡の中の自分に向けて言い含めると、控えめに部屋の扉が叩かれる音がした。

「どうぞ」

声をかけると、入室してきたのは侍女のナタリー。アルシオーネの二歳年上で、幼いころから仕えてくれている女性だ。

落ち着いた性格だが、『お嬢様は世界で一番お綺麗《きれい》です』が口癖で、少々過保護なところがある。案の定ナタリーは、起き上がっているアルシオーネを見てすぐさま歩み寄ってきた。

「お嬢様、寝台へお戻りくださいませ！　昨日まで寝込んで命も危ぶまれていたのですよ……！　無理をすればまたどうなるか……」

「大丈夫よ、ナタリー。心配をかけてしまったけれど、もう体調は問題ないの。まだ体力は戻っていないけれど」

「当たり前です！　お嬢様には三カ月は寝台の上でお過ごしいただきます」

「さすがにそれは長過ぎよ……」

クスクスと笑って答えたアルシオーネは、不意に表情を変化させた。

「ナタリー、湯浴《ゆあ》みの準備をしてちょうだい。そのあとに、顔色がよく見えるドレスとお化粧をお願い」

「何を仰《おつしや》っているのですか！　さあ、早く寝台へ」

職務に忠実な侍女は、主人の体調を第一に考えている。ましてアルシオーネは虚弱なのだから当然の反応だ。

しかしアルシオーネとしても、ここは譲るわけにいかない。

「早急に、お会いしなければいけない人がいるわ。これは、公爵家の今後にも関わる大切なことなの」

「……どなたにお会いするのですか」

「ルキーニ卿《きょう》よ」

護衛につけられた騎士の名を口にし、アルシオーネは微笑んだ。

ジャック・ルキーニとは、ランベールとの謁見の際に顔を合わせたのみだったが、たいそうな美丈夫だったと記憶している。

美しい金の髪と深みのある青い瞳で、女性を魅了する端正な容貌だ。しかし先の戦では、敵国に死神と恐れられるほどの活躍を見せたというから驚く。

ランベールと同様に、ひとたび戦場に立てば味方は安堵し、敵はその姿を見るだけで震え上がる。『獣帝』と『死神』は恐怖の象徴として、敵味方関係なく語られていた。

「ルキーニ卿、無理を言って申し訳ありません」

客間にジャックを招いたアルシオーネは、開口一番謝罪をした。

侍女を経由して呼び立てた際、彼からは一度断られている。しかし、『皇帝陛下に関する火急の案件』だと押し切り、この場に来てもらっている。

椅子を勧められても固辞したジャックは、扉の前で直立不動のままアルシオーネに騎士の礼をとっていた。

腰に携えた長剣の柄頭《つかがしら》には、ルキーニ家の紋章が象嵌《ぞうがん》されている。武功を立てて皇家より賜った紋章は、国花のユリと剣をモチーフにした図柄で、ルキーニ家の象徴でもある。

「アルシオーネ様が謝罪されることは何もございません。ですが、お体に障ります。どうかお部屋にお戻りください。あなた様に何かあれば、我が主君も心を痛めます」

「陛下のお心を煩わせるのは本意ではありません。単刀直入に申します。わたくしは、卿にお願いしたいことがあって来ていただいたのです」

　そのために、ナタリーを説き伏せて入浴と着替えをし、化粧を施した。伏せっていたとは見えないように外見を作り、公爵家令嬢としてたたき込まれた美しい所作を心がける。

　前世の記憶が蘇ったとはいえ、アルシオーネとして生きてきた十六年間の記憶も経験もある。礼儀作法などは問題ない。

　ただ、性格は少し変わったかもしれない。

　公爵令嬢としてのアルシオーネは非の打ち所がなく、読書が趣味の控えめな少女だった。けれど、日本でブラック企業に勤めていた早都子は前向きな性格で、逞《たくま》しく生きていた。

　麻生早都子の人生を思い出さなければ、皇帝と結婚する重圧に押しつぶされていた。今は、二十六年分の経験が、アルシオーネの心を支えている。

(これならきっと、ランベール様のお役に立てるはずだわ)

　今までは、子を産むことのみを望まれてきた。だがこれからは、帝国やランベールに起きる悲劇を回避することも可能なのだ。この世界で『皇子殿下の運命の恋人』の内容を唯一知る人間として、それこそがアルシオーネに課せられた使命ともいえる。

「お願いとは？」

表情をいっさい変えず、ジャックが問いかける。

整った顔立ちからは、感情がまったく見えない。普通の令嬢であれば、彼が醸し出す冷ややかな雰囲気に気絶するかもしれない。けれどアルシオーネは笑みを絶やさぬまま、上品なしぐさで侍女の用意した茶に口をつける。

「侍女を介してお伝えしたとおりです。本来であれば、明日に皇宮入りするはずでしたが、先の事件で延期になりましたでしょう？　ですが、陛下がようやく世継ぎの件について前向きになられたのです。わたくしの皇宮入りは、早いほうがよいかと思います」

「……それはたしかにそうでしょう。しかし、陛下はアルシオーネ様の御身を案じていらっしゃいます。まずは体調を万全にしなければ、コデルリエ公やご家族も心配されるのではありませんか」

ジャックの口調はともすれば冷たい。だが、話の内容はこちらを気遣うものばかりで、素直にありがたいと思える。これがほかの皇帝派の貴族であれば、アルシオーネに無理を強いて皇宮入りをさせることだろう。

「ご心配やご配慮は大変ありがたく思います。しかしわたくしは、陛下のお世継ぎを産む大役を任された身。もし毒に侵されたわたくしの身体ではお務めを果たせないというのであれば、どうぞおっしゃってくださいませ」

「いえ、けっしてそのようなことは」

「それでは、皇宮入りの日程を組み直してくださいますか？　わたくしは、予定どおり明日でも構いませんが、さすがにそれは無理でしょう。できれば、明後日が望ましいです」

「明後日……いや、それでもアルシオーネ様の状況を考えれば早いほどで……」

「皇宮入りが遅れるほどに、あらぬ憶測を呼びますわ。それに、何《いず》れかより横やりが入る可能性もあります」

　アルシオーネの指摘に、ジャックがわずかに目を見開く。

（たしか原作だと、毒殺未遂事件のあとに、皇太后派の貴族からお父様が責められていたのよね。それに、皇太后の息がかかった令嬢を皇妃にしようとしていた）

　皇太后は、自分の息子を皇帝にするために、あの手この手でランベールを陥れようとしている。前世の記憶が蘇った今、皇太后の思惑に負けるわけにはいかなかった。

（早都子としての人生を思い出して、ランベール様への想いが強まったわ。あの方を必ず皇太后からお守りしてみせる！）

　しばらく窺《うかが》うようにアルシオーネを見ていたジャックは、やがてひとつ頷《うなず》いてみせた。

「アルシオーネ様のお考えは理解いたしました。陛下へは私から申し上げておくとお約束いたしましょう」

「感謝しますわ、ルキーニ卿」

わずかな会話で、ジャックはアルシオーネが抱く懸念を理解していた。

先ほどは明言しなかったが、『横やり』を入れようとするのはもちろん皇太后である。皇帝の忠臣である彼も、同じように思っていたのだろう。

「ところで……わたくしに毒を盛った犯人は見つかったのでしょうか」

目的をひとつ達成したアルシオーネは、自身に関わる事件への関心を示した。

原作を読んで大筋は知っているが、細かな部分——たとえば、ランベールと直接関係のない事件などの記憶は曖昧だ。

前世で読んでいた小説とこの世界が同じだと確信するには、証拠の積み重ねが必要だ。自分が知っているエピソードと相違を確認する必要がある。

（もしも、毒味役のサリーがすでに亡くなっていれば……やっぱり、『皇子殿下の運命の恋人』の中にあるエピソードが、この世界で起きることになる）

緊張しつつ返答を待っていると、ジャックは深く頭を垂れた。

「アルシオーネ様が倒れられてから、毒味役の女がひとり公爵家から消えました。その者の足取りを追いながら、毒味役の実家の男爵家にも馬を飛ばしたのですが……」

ジャックは珍しくそこで言い淀《よど》む。まだ床から出たばかりのアルシオーネに聞かせる話ではないと判断したのだろう。

（それは、つまり……）

「毒味役……サリーは亡くなっていた、ということでしょうか」

アルシオーネの指摘に、ジャックは重々しく首肯する。

（やっぱり、原作どおりの展開だわ）

サリーが騎士団に捕まっていれば、事件は皇太后の手によって謀《はか》られたと明らかにすることもできただろうが、哀れにも命を落としてしまった。

奇《く》しくもアルシオーネが前世で読んでいた小説の記憶と、今現在生きているベントラント帝国とが、同一の世界だと証明された。しかし、皇太后の謀《はかりごと》は、闇の中へ葬られてしまったことになり、それが悔しい。

（このままだと、近い将来にランベール様を亡き者にしようと企むはず。その前に、なんとしても阻止しなければ）

「……卿は、サリーがなぜわたくしを害そうとしたかおわかりになりますか。わたくしには、どうしても彼女が単独でこのような恐ろしい行動を起こしたとは思えないのです」

「僭越《せんえつ》ながら申し上げますと、私は今それを論じる立場におりません。浅慮な発言は、我が主の首を絞めかねないと考えます」

「あなたは、とてもよい方ですね。ルキーニ卿」

ジャックの返答に、アルシオーネは花の蕾《つぼみ》のような口元を綻ばせる。

彼の主である皇帝の婚約者であり、未来の皇妃が毒殺されかけた。これは皇帝への反逆にほかならず、事件に関わった者はすべて極刑に処されるはずだ。被害者のアルシオーネにも、なんらかの事情を尋ねてもおかしくはない。

しかしジャックは、『主の首を絞めかねない』として発言を控えた。これはつまり、皇帝でさえもたやすく手を出せない相手——皇太后が関与していると、彼が考えていることになる。

(ランベール様も、皇太后の関与を疑っている……。幼いころから皇太后に命を狙われてきたのだもの。疑うのは当たり前よね)

とはいえ、軽はずみに皇太后の名を出すわけにいかない。罪を犯した証拠がないからだ。もしも皇太后の罪を声高に訴えたとして、罪を証明できなければ意味がない。ランベールも、そこが一番の悩みだったはずだ。

(証拠もないまま下手なことを言えば、皇太后派は黙っていないでしょうしね)

「それではルキーニ卿、皇宮入りの件、よろしく陛下にお伝えくださいませ」

「承りました」

ジャックは淡々と受け答えをし、客間を出ていく。

(これで、近日中の皇宮入りは決まったも同然……あとは、いかに原作の悲劇を回避するかを考えないと。……これ以上、皇太后の犠牲者を出すわけにいかないわ)

「……まだまだやることは山積みね」

初めて会話らしい会話をジャックと交わしたが、なんとも不穏な内容になったものだ。平穏にはまだ遠く、戦いは始まったばかりだと、アルシオーネはひとり柳眉をひそめた。

その日の夜。父母と兄を居間へ誘い、近日中に皇宮入りをするつもりだと彼らに伝えた。話を終えると、父は渋面を作り、母は涙を流し、兄には「考え直せ」と窘《たしな》められた。だが、アルシオーネの意志は固かった。

「わたくしは、宰相フェルナン・コデルリエの娘です。自らに課せられたお役目は心得ております。皇帝陛下がお認めになった皇妃である以上、責務をまっとうしたく存じます」

皇帝と子を成し、ランベールの治世を盤石のものにすること。そのために、お妃教育を受けてきた。

そして、前世の記憶が蘇った今、皇太后の企みをすべて退けられる可能性がある。

毒味役のサリーは助けることができなかった。そもそも毒を盛られなければ、前世を思い出すこともなかったのだから皮肉だが、これ以上、皇太后の犠牲者を出してはいけないと強く感じている。

「……アルシオーネ。まだおまえが目覚めてからたった二日だ。しかし、皇帝陛下がお認めになった唯一の存在であるおまえの代わりがいないのも事実」

「父上……！　私はアルシオーネをただ陛下のお子を産むためだけの道具にすることはもともと反対だったのです！　それでも、この子は帝国のためにその身を捧《ささ》げてくれようとした。にもかかわらず、皇宮入りを前にして毒を盛られるなど……あのお方の差し金としか思えません！」

「控えよ、セドリック」

セドリックが叫ぶも、話の流れを敏感に察知したフェルナンがそれを制した。

「陛下がお世継ぎのために妃を迎え入れることを受け入れてくださったのは、代々宰相として皇家にお仕えしてきた我が家門を信頼してくださっているからこそだ。主の信頼にお応えするのは家臣の務め。だが……アルシオーネの父親としては、皇宮入りさせるのは心苦しいと思っている」

苦悩を滲《にじ》ませるフェルナンの声に、父親としての愛情を感じる。

(わたしは、この世界では愛されて育ってきた)

早都子の人生は、家族の愛情とは無縁だった。

まだ小学生のころに両親が離婚し、親権を得た母に引き取られて育った。最初は母子ふたりで倹《つま》しく暮らしていたが、数年後に母が再婚すると、早都子の人生は大きく変わった。

義父と実母の間に、子が生まれたのだ。女の子だった。

義妹が生まれると、早都子はあからさまに邪魔者扱いをされるようになった。直接口に出して言われたことはない。ただ、その場に『いない人間』として無視され続けた。

しかし、義父や母に恨みはない。血のつながりがあっても所詮は赤の他人だ。生理的に受け付けないこともあれば、許せない存在にもなり得るだろう。

だが、今世は家族の愛に恵まれた。父母も兄も、アルシオーネを心から心配してくれている。だからこそ、その愛情に報い、彼らのことを守りたいと思っている。

「此度の事件で、皇帝派や皇太后派の双方から、コデルリエ家の責任を求める声が上がるかもしれません。この機にお父様を宰相の地位から引きずり下ろす、と考える不届き者がいないとは言えませんわ。わたくしは、そのような事態は望んでおりません」

毅然《きぜん》と考えを述べるアルシオーネに、フェルナン、エディット、セドリックが瞠目する。

毒を盛られる前は、皇宮入りが近づくにつれ気鬱になっていた。自分に皇妃が務まるのか、次期皇帝となる子を産む大役が、身体の弱い自分に耐えられるのか。不安ばかりが募るも、誰にも明かすことができなかった。

アルシオーネが抱えていた不安の正体は、『皇帝陛下』への畏れだ。片手で数えられる程度の会話しかしておらず、そのうえ、皇宮に入れば最大の懸念である皇太后がいる。

（でも、今は不安よりも使命感のほうが大きいわ。それに、早都子の記憶がわたしに勇気を与えてくれるもの）

『皇子殿下の運命の恋人』を読《よ》み耽《ふけ》り、ランベールの活躍に励まされた記憶が、アルシオーネを突き動かす。

「幸い命を取り留めたことですし、皇宮入りをするのなら早いほうがよいと思ったのです。陛下のお子を産むまで苦労はあるでしょうが、わたくしはこのときのために妃教育を受けてきたのですから。……それに、皇宮ではそう危険な目に遭いませんわ」

公爵家の警備に不満があるわけではないものの、皇帝陛下の居住する皇宮や皇城に比べれば当然劣る。少なくとも皇宮は、外敵から身を守るという意味で、帝国内でもっとも安全な場所と言っていい。

（皇太后も、そうそう手出しはできないはずだわ。……おそらく、だけれど）

第二皇子を皇帝にと望む皇太后は、皇帝の子を産むために皇妃となるアルシオーネは邪魔でしかない。皇宮入りすれば、命を狙ってくるのはわかっている。とはいえ、原作ではアルシオーネのエピソードは、そこまで詳細に描かれていなかった。

（皇宮入りしたら用心しないといけないわね）

原作の知識は、ランベールのものに偏っている。そもそも彼は小説の主人公たちの視点から見れば悪役で、詳細に過去が描かれるようになったのは、第一部が終了したあとだ。

主人公よりも脇役人気が過熱するのはどの媒体でもままあることだが、ともすればランベールはヒーローよりも支持されていた。熱いファンの声に後押しされて番外編が刊行され、ますますランベール人気が白熱したのである。

（でも、その過去がまた壮絶で……思い出すだけで苦しくなる）

小説の世界に転生したと気づいてわかったのは、今いる時代が『皇子殿下の運命の恋人』第一部クライマックスの五年前だということだ。

ランベールは第一部で主人公たちが住む国と戦争し、敗れたうえに非業の最期を迎える。

アルシオーネとの婚姻は、戦よりもさらに数年遡る。しかも戦を迎える直前に、彼はすでに妃を喪《うしな》っている。それも、毒殺で。

（小説どおりに進むとすれば、数年以内にわたしは死ぬことになる。せっかくランベール様と結婚できるのに、そんなの絶対に嫌！　それに、ランベール様がお亡くなりになるなんて耐えられないわ……！）

番外編でも、アルシオーネの死についてはさほど触れられていない。せいぜい一、二行程度の軽い描写である。

ゆえに、自分の危険については事前に察知するのは難しい。これからどのような危険が待ち構えているのかわからないが、そこは皇宮の警備に期待することになる。

「……わたくしは、皇宮へ参ります。お父様やお兄様が誠心誠意お仕えしている皇帝陛下の御為《おんため》に、この身を賭してお役目にあたりたいと思います」

「わかった。おまえのような娘を持って幸せに思う」

アルシオーネの決意が覆らないと悟ったのか、フェルナンがまず娘の意志を讃《たた》える。次いでエディットは涙を流し、娘を抱きしめた。

「忘れないでね、アルシオーネ。あなたには、わたくしたち家族がついているわ。困ったことがあれば頼りなさい」

「……はい、お母様」

母と抱擁を交わし涙ぐんでいると、兄が優しく肩を撫《な》でる。

「父上も私も、立場上皇城にいることは多い。おまえが恙《つつが》なく皇宮で過ごせるように、コデルリエ家の人脈を駆使して取り計らう。それでも不自由なことも多いだろうから、そのときには遠慮なく帰ってこい」

「ありがとうございます……お兄様」

過保護だとも思う。だが、毒殺されかけて間もないこと、かつ、毒味役の背後には皇太后がいると予想しているからこそ、家族として心配しているのだ。

アルシオーネは、今世の家族に注がれる愛情を心地よく感じながら、皇宮入りの日が早く決定することを願った。

＊

ランベール・ベントラント。帝国の唯一にして絶対者である彼は、武に長《た》け、家臣からの信望も厚く、人々からは『神の御業《みわざ》』と言われるほど完璧な容姿を持っている。

無駄をすべてそぎ落としたかのようなしなやかな肉体も、あまりに整いすぎて酷薄さを感じさせる高い鼻梁《びりょう》と切れ長の鋭い瞳も、まるで彫像のようだ。

その名を聞けば敵国は震え上がり、味方は安堵するという『獣帝』の異名を持つ男は、やや長めの前髪を掻き上げ、髪色と同じ黒目を訝《いぶか》しげに眇《すが》めた。

「本当に、アルシオーネ嬢が皇宮入りを望んできたというのか？」

皇帝の執務室に騎士団に籍を置く腹心、ジャックが訪ねてきたのは深夜と呼ばれる時間だ。定例報告は朝に聞くことになっていたが、急ぎとのことで執務室に通した。

なんらかの問題が生じたことは覚悟していたものの、ランベールは忠臣の報告を聞いて己が耳を疑っている。

「はい。アルシオーネ様より本日お話があり、急ぎ参上したしだいです」

常に冷静な騎士は、皇帝の疑問に簡潔に答えて頭を垂れた。

ランベールが驚くのも無理はない。コデルリエ公爵家の令嬢、アルシオーネが毒殺されかけてからまだ六日である。しかも、目覚めたのがつい昨日のことだ。

そんな状態ならば、むしろ皇宮入りを辞退するのが当たり前だ。公爵から申し出があれば、ランベールは受け入れる心づもりだった。世継ぎを産ませるためだけに皇妃を迎えるのはそもそも反対で、公爵の娘を哀れに思っていた。

「……アルシオーネ嬢は、毒殺未遂事件の真相や皇宮の状況を知らないのであろうな」

彼女の毒殺未遂事件は、皇太后モルガールが裏で糸を引いていたのは明白だった。しかし、決定的な証拠がないため、公に罰することができない。

それは公爵も知る事実だから、娘にも当然話しているはずだ。そして、アルシオーネがこの話を知れば、命の危険に晒された事実も相まって、皇宮入りを辞退するに違いない。

そう考えていたランベールだが、辞退するどころか予定どおり皇宮入りをしたいというのだから、驚かざるを得ない。

「いいえ。アルシオーネ様は、すべてご存じでいらっしゃいます」

「なに？」

「陛下やご父君のコデルリエ公のお立場も、ご自身に課せられたお役目も理解しておいでです。それでも、皇宮入りを取りやめたいとはおっしゃいませんでした。あの方は、見た目の印象に反してとても胆力がおありだ」

ジャックはめったに表情を変えず、ただ淡々と事実のみを報告する男だ。他者によけいな感情を抱かず、冷酷とすら称される。

そんな男の褒め言葉に、ランベールは自身の妃となる女性に興味が湧いた。

「私が直近で会ったのは、たしか彼女が社交界デビューした年だ。挨拶程度の会話しかしていないが、まだ幼気《いたいけ》な印象が強かったが」

「アルシオーネ様は今年十六歳でしょう。デビューといえば、もう一年も前ではありませんか。陛下がお会いしたときよりも、成長されているのは当然かと」

ベントラント帝国では男女ともに十五歳で成人とされ、社交界にデビューする。一年前はコデルリエ公爵家の令嬢がデビューするとあり、宮廷でも話題に上がっていた。

「成長しているとはいえ、アルシオーネ嬢とは年も離れている。政略的に申し分ない相手ではあるが……彼女も哀れだな」

「哀れんでは、アルシオーネ様に失礼かと。公爵家令嬢として、覚悟のうえで陛下に嫁ぐつもりだと私はお見受けしましたので」

主君に対して忌憚《きたん》のなさ過ぎる物言いだが、ランベールはジャックにそれを許している。幼なじみであり大事な腹心の彼は、戦場において背中を任せられる唯一の存在だ。

帝国内において、ランベールの基盤は盤石と言いがたい。たとえ自身の派閥にいる貴族であろうと、完全に信用することはない。全幅の信頼を寄せているのは、ジャックのほかには件の令嬢の父親、フェルナンくらいのものだ。

（だからなおさらに、フェルナンには申し訳が立たん）

公爵が娘を溺愛していることは、彼の話しぶりから明らかだった。それでも、娘を皇妃候補に挙げたのは、ひとえにランベールへの忠心からだろう。

これまでは、先帝の残した負の遺産——周辺諸国と緊張関係が続き、常に何れかの国と大小問わず戦をしていたため、世継ぎのことなど二の次だった。

先々帝の時代から領土を拡大するために戦端を開いていたが、ランベールが皇帝になってからは、帝国から戦を仕掛けたことはない。だが、先帝が踏《ふ》み躙《にじ》ってきた国々が決起したのだ。彼らが帝国に牙を剥《む》いたのは一度や二度ではなかった。

しかし皇太后は、第二皇子のエヴラールを出征させることはなかった。戦場でランベールが命を落とせば、労せずして自身の息子が皇位に就けるからだ。

血の繋がっていない第一皇子への憎しみとも言うべきか、すでにこの世にいない前皇太后に対する嫉妬からか、彼女はランベールに対し容赦しなかった。

『戦に不慣れな第二皇子に、大事な軍を預ければ軍に損害をもたらすばかりか、他国の侵攻を許すことになりかねないでしょう』

己の息子を正しく評しているものの、本心ではない。皇帝自ら戦場へ赴くことこそ、帝国のためだと言わんばかりの態度で、何度神経を逆なでされたかしれない。

ベントラント帝国にとって、皇太后モルガールは病巣である。だが、簡単に切り捨てられはしない。それは、彼女の生家が、三大公爵家の一角を担っていることも影響している。

代々宰相を輩出し、帝国の執政を担うコデルリエ家。帝国騎士団の団長の座に就き、国防を担うルキーニ家。そして、皇太后の生家であり、帝国の外交を引き受けるロッシュ家。

三公はそれぞれに均衡を保ち、帝国へ貢献している。たとえ皇家といえども、無視できない存在だ。

ロッシュ家の現当主は、皇太后の弟である。弟自身はランベールを皇帝の座から引きずり下ろす気はないようだが、皇城で姉とその子どもの立場を守るために皇太后を支持している状況にある。

(なまじ外交手腕が評価できるだけに、ますます皇太后と引き離したくなるが)

背もたれに深く身体を預け、しばし思考に耽《ふけ》っていたランベールは、執務机の前で直立するジャックに目を遣った。

「……彼女は、皇宮で生き残れると思うか？」

「私は、可能ではないかと考えます。多分に希望を含んだ見解ではありますが。それに何より、アルシオーネ様は二心《ふたごころ》なく陛下の御為に行動できる方だと推察いたします。個人的には、そういう方に陛下のおそばにいていただきたいと願っております」

「だが、身体が弱いとも聞く。……皇帝の子を産む役目だけでも重責だろうに、皇太后からも命を狙われたのだ。心労をこれ以上かけるわけにいかん」

ふと、一年前に会ったアルシオーネの姿が脳裏を過る。

美しい少女だった。くせ者の宰相の娘にしては擦れておらず、皇帝である自分を前にしてひどく緊張している姿が初々しいと思った。

鈴を転がすような美しく澄んだ声も、場に不慣れながらも上品さを損なわない所作も、成長した姿を見たいと思える好ましさがあった。

しかし、彼女を皇宮に縛り付けたいと思ったわけでも、初心《うぶ》な花を手折りたいと欲を抱いたわけでもない。

ただ単純に、好ましい。ランベールは、そう思った自分に驚き、そんな感情が己の中にあったことを知り可笑《おか》しかった。

とはいえ、皇帝が未婚の娘に対してそう感じていると周囲に知られれば、間違いなく彼女は召し上げられる。

毒婦が闊歩《かつぽ》する皇宮は、あのか弱い少女に耐えられるのか。そう思いながらも、周囲から皇妃候補を薦められたとき、アルシオーネを選んでいた。

コデルリエ家と縁を結べば、より強固な後見が得られる。だが、そういった政略を抜きにしても、もう少し彼女と話がしてみたいと思ったのはたしかだ。

(……とはいえ、自分の印象とジャックの報告はだいぶ違っているようだ)

一年経《た》ち、アルシオーネがどのような変貌を遂げたのか。

ほんの一瞬、今の状況を忘れて興味を惹《ひ》かれたランベールだが、すぐに意識を切り替える。

「もともとアルシオーネ嬢の皇宮入りは明日だった。受け入れの準備はすべて終わっているから、いつ来てもらっても構わない。……彼女を迎えるのなら毒殺犯を捕縛してからにしたかったがな」

「皇太后は抜け目がありません。アルシオーネ様に毒を盛った犯人は、即日に殺害されていました。犯人の生家の男爵家も、この件には関わりがないようですし……」

犯行を行った女の生家の男爵家は、ここ半年ほどで多額の借金を負っていたことが調査で判明している。おそらく皇太后がそこにつけ込んだのだろうが、証拠がない。

「男爵家の借金も、皇太后が裏で手を引いていた。わかっていながらも手が出せないとはな。男爵家の没落は、アルシオーネ嬢が皇宮入りすると決まった時期と重なっているが、すべては状況証拠にすぎない」

「陛下は、これまでお世継ぎを作ることもなければ、正妃はおろか側妃すらいらっしゃいませんでしたから。そこへ、アルシオーネ様が皇妃として迎え入れられることになり、お世継ぎの誕生を畏れた皇太后が奸計《かんけい》を企てたのでしょう」

ジャックの発言は、ランベールの見解と同様だ。それに、この件以外でも皇太后の動きは怪しかった。

皇太后のもとへこちら側の人間を送り込めば、死体となって帰ってくることが多くある。そのため、情報を得るのも命がけだ。外交手腕に長けたロッシュ家の伝手《つて》で、異国から極秘裏に間者や護衛の人間を雇い入れているらしく、自身の住む宮の守りを堅めている。まるで、ランベールから自身を守るかのように。

「戦場のほうがまだ気楽だな」

独白のように漏らした言葉には、本音が半分ほど含まれている。

少なくとも戦場において、自軍の兵から攻撃を受けることはない。敵国の動きだけに集中し、戦略を立てればよかった。

〝戦〟の勝利は単純明快だ。敵兵とその軍を壊滅させればいい。ただそれだけだ。

だが、ひとたび帝国に戻れば、ある意味戦場よりも神経をすり減らす。精神的な消耗戦を強いられるのだ。

いっそひと思いに皇太后の首を刎《は》ねられればどれほど楽だったことか。

偉大なる帝国ベントラントを滅ぼす可能性があるとすれば、敵国の進軍ではない。毒婦、皇太后モルガールだ。

「陛下にも安らぎが必要でしょう」

荒《すさ》んだ思考を撫でるように呟《つぶや》かれたジャックの声は、驚くほど穏やかだった。この男にしては珍しい声音に、ランベールは耳を傾ける。

「私は、陛下とともに戦場を駆け抜けてきました。皇太后の魔の手が周囲に及ばぬように、常に気を張っていらしたことも知っています。陛下が大切な存在を作れば、すぐに彼の毒婦の餌食になる。ですが、戦場を死に場所に選ぶような生き方をしてもらいたくはないのです。そのためならば、私は貴方《あなた》の剣となり盾となる。邪魔者を排除せよとおっしゃるなら、身命を賭して実現いたします」

「そなたを、己の安寧のための犠牲にはせぬ」

ジャックの重い言に、ランベールが即答する。

戦場で敵軍に『死神』と畏れられたこの忠臣は、皇太后の暗殺を命じられれば、命を懸けて遂行すると言っている。

だが、ジャックはランベールにとって、ただの騎士ではない。孤独な皇帝が、友人と呼べる数少ない人間のひとりだ。皇帝としてではなく一個人として、彼を喪《うしな》うわけにはいかない。

常に皇太后の動向に目を光らせ、背後から斬り掛かられる心配のある皇宮よりも、命のやり取りをする戦場のほうがいい。それは本音だ。

だが、そんな自分を変えることのできる存在を心の奥底で欲している。長く行動をともにしているジャックは、ランベールの心にも気づいている。

「アルシオーネ嬢の皇宮入りを許可する。彼女の希望は最優先にしろ。それと、皇宮の警護は今まで以上に厳重に。皇宮に勤めて日が浅い者や、皇太后とつながりがある者は絶対に近づけないようにするんだ」

「御意」

自らに毒を盛られた背景を理解しながらも、果敢に役目をまっとうしようとするアルシオーネ。ランベールは彼女の誠心に応え、必ず守り抜こうと心に決めた。

コデルリエ家に皇帝専用の馬車が遣わされたのは、アルシオーネが皇宮入りを願い出て二日後のことだった。

ランベールはアルシオーネの願いを叶え、皇宮入りを許可してくれた。自分の希望を即日叶えてくれたランベールと、彼に伝えてくれたジャックには感謝しかない。

*

「皇城まで私がエスコートさせていただきます」

「ありがとう、ルキーニ卿」

微笑んで答えたアルシオーネは、彼のエスコートで馬車に乗り込んだ。

馬車は、ひと目で皇帝の所有だとわかる造りになっていた。扉には紋章が描画され、強者の象徴である獅子《しし》の周囲に、国花のユリが咲いている。雄々しく吠《ほ》える獅子は武力を、周囲に咲くユリは平和を表しているという。皇帝のみが使用できる図柄である。

屋根には、金で装飾された王冠が輝く豪奢《ごうしゃ》な外装だ。内装には赤のビロードが使用され、上品で落ち着ける空間を作り出していた。

「ルキーニ卿、もう一度お礼を述べさせていただきます。陛下にお話してくださり感謝申し上げます。こうして手厚く迎えていただけて光栄ですわ」

遠ざかる生家を眺めていたアルシオーネは、対面のジャックに視線を据える。

皇帝専用の馬車の周囲には、専属騎士団が配されている。貴賓が乗車しているとわかる警護体制を敷いていた。

「陛下より、警護を厳重にせよと仰せつかっております。アルシオーネ様を皇宮へお迎えするにあたり、使用人の見直しも行いましたのでご安心ください」

ランベールの気遣いがアルシオーネは嬉《うれ》しかった。

彼は、公爵家からも侍女を連れていくことを承諾してくれている。毒味役の事件があっただけに、コデルリエ家でも使用人の見直しをしていたものの、事件間もなくとあって、公爵家の使用人が皇宮入りを許されるとは思っていなかったのである。

「心強いお言葉ですわ。わたくしの侍女の同行もお許しくださり、陛下のお気遣いをとても嬉しく思っております」

前世の記憶が蘇ったため、皇宮がどのような場所かは理解している。だが、今世では初めて踏み入る場所であり、皇太后のこともある。知らない人に囲まれて生活するとなると、どうしても緊張するが、ナタリーと一緒であれば安心できる。

アルシオーネの今日の衣装も、ナタリーが選んでくれたものだ。白磁の肌に映えるようにと、深みのある赤を基調としたドレスを着付けている。裾や袖にはふんだんにレースが施され、襟ぐりには精緻な刺繍《ししゅう》が金糸で縫い付けられていた。

髪には国花のユリを模した飾りつけがなされ、アルシオーネの美しさを引き立てていた。

（ランベール様は、やっぱり優しい方だわ）

前世の自分が読み耽り、生きる糧にしていた『皇子殿下の運命の恋人』。この本の内容を思い出したおかげで、ランベールを助けることができる。

しかし、懸念もある。小説の中の彼は、最初はアルシオーネとの婚姻に乗り気ではなかった。

世継ぎを残すためだけに妃を迎えることを、快く思っていなかったのだ。

それでもアルシオーネを受け入れたのは、皇帝としての責務ゆえだろう。だからこそ、世継ぎの誕生以外でも、彼の役に立ちたい。これ以上、苦しんでほしくないのだ。

（わたしは知ってしまった。ランベール様が、皇太后に命を狙われ続けていたことが原因で、皇宮でほとんど眠れないことを）

まだ先帝が存命のときより、何度も暗殺されかけていた。ランベールを亡き者にし、第二皇子に皇位を継がせようとする皇太后の謀《はかりごと》だ。

ランベールは傷つきながらもこれまで生き残ってきた。しかしその代償として、深い眠りに就くことができなくなってしまった。戦場ならいざ知らず、皇宮の自室であっても、である。うたた寝をしていた彼が、ほんのわずかの気配にも目覚めた場面が小説内で描写されている。

眠れない夜を過ごすランベールの姿に、前世の自分は涙していた。おそらく今も、彼が苦しむ姿を見たらつらくなるだろう。

（でも、親しくないのにいろいろ知っていると怪しまれるし……何かできることを少しずつ探

していこう）

ランベールに思いを馳《は》せているうちに、やがて馬車は城門をくぐり抜けた。

皇族専用の馬車に乗っており、かつ、ジャックが同乗しているため、衛兵に止められることなく皇城の敷地に入る。

アルシオーネが皇城を訪れたのは、ほんの二、三回だ。そのうちの一度は、帝国貴族序列上位の家門を集めて開かれた舞踏会だ。アルシオーネにとって、社交界デビューとなった場である。

（あのときも、ランベール様は緊張しているわたしに優しく話しかけてくださったわ。覚えていらっしゃるかしら？）

皇帝陛下への挨拶とあり緊張していたアルシオーネは、ランベールの話に頷くだけで精いっぱいだった。彼の存在感はすさまじく、ただ玉座に座っている姿を見ただけで圧倒されたのを覚えている。

「到着いたしました」

つらつら考えを巡らせていると馬車が止まった。開かれた扉から隙のない所作で降り立ったジャックが、アルシオーネに手を差し出す。

「今から、謁見の間へ向かいます。そこで陛下とお会いされたのち、今後のお住まいにご案内いたします」

「わかりました」

頷いて彼の手を取ると、アルシオーネたちの進行方向に向かって左右に展開している騎士たちが、右手の拳を心臓へあてる。

「陛下直属の騎士団で、皇宮の守護を任された者たちです」

ジャックから説明を受け、アルシオーネは騎士らを見つめた。皇太后という油断のならない相手がいるため、自身を守ってくれる騎士たちは苦労をするに違いない。

「ルキーニ卿、少々よろしいでしょうか」

「どうかなさいましたか」

「いえ。ただ、騎士の皆様のお顔を拝見したいのです」

一瞬驚いたジャックが、ややあって足を止める。アルシオーネは優美なしぐさで今歩んできた道を振り返り、母譲りの美貌に笑みを刻む。

ほう、っと騎士たちから吐息が漏れた。それと同時に、その場にいた全員が膝を折る。

正式な挨拶はまだ先になる。しかし、これから世話になるだろう騎士が控えているというのに、無視をするという選択はできない。

その気持ちを汲《く》んだかのような騎士たちの行動に、アルシオーネの中で彼らへの信頼が生まれた。

(さすがは、ランベール様の騎士団だわ)

「アルシオーネ様、参りましょう」

内心で感嘆しているとジャックに促され、ふたたび歩を進める。

これまでのアルシオーネなら、これほど堂々と入城していなかった。緊張や不安といった自分の感情でいっぱいになり、騎士に敬意を払う余裕も持てなかっただろう。

そういう意味では、前世の記憶と経験を思い出せてよかったと思う。

アルシオーネに必要だったのは、何かを成し遂げようとする強い意志だ。

〝推《お》し〟という概念を知ったことが、アルシオーネの行動に影響を及ぼしている。

浅浮き彫りの施された壁面と、ふんだんに宝石が埋め込まれた円柱が建ち並ぶ長い回廊を進んでいくと、しばらくして重厚な両開きの扉が見えてきた。

一見して謁見の間だとわかるそこは、扉の把手が黄金で作られ、精巧な細工が施されている。皇帝の紋章が刻まれた国旗が飾られ、この場がどこであるかを再確認させた。

左右に衛兵がずらりと控え、ジャックとアルシオーネの姿を認めると一礼した。

「アルシオーネ・コデルリエ公爵令嬢、ジャック・ルキーニ卿が参られました！」

衛兵が声を上げると、中から扉が重々しく開かれる。

儀仗《ぎじょう》兵に先導され、ジャックとともに室内へ足を踏み入れたアルシオーネは、思わず息を詰めた。

大きなシャンデリアが余すところなく室内を照らし出し、光沢のある壁面や床が輝いていた。

天井には皇帝の紋章が描かれ、美しくも上品に謁見者を見下ろしている。まさしく、ベントラント帝国の威容を誇る装飾であった。

ジャックと部屋の中央に歩み寄ると、部屋の主の訪れを待ち望む。

程なくして、侍従長より皇帝の出座が高らかに言い渡された。アルシオーネは膝を折り、深く頭を垂れたままの姿勢で声がかかるのを待つ。

(とうとう、ランベール様とお会いするのだわ)

前世の自分と今世の自分の気持ちが重なり、高揚と緊張で手が震える。すると、少しして低く艶のある声音が耳に届く。

「頭を上げよ」

胸を高鳴らせながら顔を上げると、玉座に腰を据えた皇帝ランベールがこちらを見下ろしていた。

立て襟に金の肩章がついた上着に、皇帝の紋章を入れた釦《ボタン》が嵌《は》められている漆黒の軍礼服を身に纏《まと》って座す姿は、帝国を統べる皇帝の威厳に満ちていた。

少し長めの前髪から覗《のぞ》く闇を切り取って流し込んだかのような瞳は、見ているだけで震え上がりそうな冷ややかさを湛《たた》え、服の上からでもわかる鍛え上げられた体つきは、この国の軍を治めるにふさわしい貫禄《かんろく》がある。

端正な顔に表情はなく、彼の鋭い双眸《そうぼう》も相まって背筋に冷や汗が流れる。しかしそれは恐ろしさからではなく、帝国の絶対者に対する畏敬からである。

「アルシオーネ・コデルリエにございます。ベントラント帝国の尊き導き手、皇帝陛下に拝謁できますこと、誠にありがたき栄誉に存じます」

「アルシオーネ嬢、まずは登城に礼を言う。大変な目に遭ったというのに、よくここまで来てくれた」

皇帝からの第一声は、思いがけないものだった。

アルシオーネは笑みを浮かべようとしたが、上手くできなかった。胸がいっぱいになって、言葉にならない。ランベールを映した目が、その声を拾った耳が、対峙《たいじ》している身体が、喜びを訴えている。

（これは、早都子の感情……？）

「も……もったいないお言葉でございます」

震える声でなんとか返答したアルシオーネだが、その間にも胸は高鳴り、息をするのも苦しいほどになっている。

ランベールはひとつ頷き、「楽に話してよい」と表情を崩す。

かすかに笑みを浮かべた彼に、視線を奪われた。威厳と寛容さを感じさせるその言動は、誰もが見入るほどに魅力的だ。

まるで吸い寄せられるかのように、皇帝から目が離せない。動悸《どうき》は激しくなり、眼底が熱く潤んでくる。いったい自分はどうしてしまったのかと頭の片隅で考えたときである。

（え……）

立ち上がった皇帝が、玉座から下りた。彼はゆっくりとアルシオーネに歩み寄り、目の前に膝をつく。

「陛下……？」

「泣くな。そなたは必ず私が守る。悪いようにはしない」

ランベールの無骨な指先が、アルシオーネの頬《ほお》に触れ、透明な滴を掬《すく》い取《と》る。そこで初めて自分が涙を流したことに気づき、アルシオーネは狼狽《うろた》えた。

「申し訳ございません。嬉しくて……感情が高ぶってしまいました……」

まさか泣いてしまうとは思わずに、羞恥で目を伏せる。彼に触れられた頬が熱い。自分に注がれるまなざしも頬を滑る指の温《ぬく》もりも、信じられないくらいに優しい。

早都子とアルシオーネの感情がない交ぜになり、涙となって流れていく。動揺が隠しきれずにいると、ランベールがふと笑った気配がした。

「そなたが恙《つつが》なく皇宮で過ごせるようにする。希望があれば、ジャックに伝えてもいいし、私に直接言ってくれてもいい」

「ご配慮、痛み入ります。陛下のお心にお応えできるよう誠心誠意努めます」

この場にはジャックのほかに衛兵や侍従がいるため、込み入った話はできない。だが、毒を

盛られて目覚めたばかりの身で、皇宮入りを自ら望んだアルシオーネに最大限の敬意を表していることは明らかだ。

「私はまだ執務がある。これからそなたが住まう宮には、ジャックに案内させよう。いいな、ジャック」

「御意」

ジャックが恭しく命を賜ると、立ち上がった皇帝は身を翻す。

ほんのわずかな間の謁見だった。それでも、原作ではめったに見られなかったランベールの笑みを目の当たりにし、彼に好意を抱くには十分な時間だった。

その後、謁見の間を退室すると、ジャックの案内で皇宮へ移動した。

皇城とは同じ敷地内にあるが、皇帝の住まいとあって城からの道順は複雑である。至る場所に配置されている衛兵の視線を浴びながら、右へ曲がり、左へ曲がり、長い階段の上り下りを繰り返し、ようやく皇宮の入り口に着くころには疲れ果てていた。もちろん表面上は平然としていたが、ジャックには疲労を気づかれたようだ。

「これでも、最短の通り道を進んできました。陛下は皇族専用の隠し通路でこちらへお渡りになるので、移動距離は短くなりますが」

「そうなのですね……」

「アルシオーネ様のお住まいになるお部屋は、陛下のとなりにご用意いたしました。扉を隔てて繋がっておりますので、どちらのお部屋からも行き来できます」

ジャックの説明を聞きながら、中庭に面した回廊を歩く。太陽《ひ》の光を浴びて青々と輝く緑葉は、今まで見たどの庭園よりも美しい。

そよぐ風も穏やかで、まるで散歩をしているような心地になる。

（でも、気を抜いてはいけないわ。いずれ、皇太后にも会うことになるのだもの）

「ルキーニ卿、こちらには皇太后陛下はいらっしゃらないのですか？」

「皇太后陛下は、第二皇子のエヴラール殿下と別宮に住んでおられます。こちらの宮は、陛下と皇妃となられる方のみがお住まいを許されておりますので」

「では近々、皇太后陛下にもご挨拶しなければいけませんね」

「……ええ。陛下よりお話があると思いますが、まずアルシオーネ様には皇宮での生活に慣れていただくことが先決かと。幼少時には病がちだったと、コデルリエ公爵からお聞きになった陛下がご心配されています」

「陛下が……」

ランベールが自分を気遣ってくれていることを知り、アルシオーネの心が温かく満たされる。

もちろん、公爵家の娘に対する配慮という一面あるだろう。しかし、ナタリーの件しかり、皇宮入りするアルシオーネを手厚く迎え入れているのは間違いない。

（原作では、わたしとの結婚は政略で、愛情はなかったはずなのに）

にもかかわらず、アルシオーネの涙を見て、玉座から下りてきたのだから驚く。その場にいた者は皆、皇帝の行動にさぞ仰天したことだろう。

（前世と今のわたしの感情が重なって、意図せず泣いてしまった……〝推し〟恐るべし）

そもそも原作での彼は、先ほど謁見の間で見せたような表情はほとんどしていない。極稀《まれ》に、数少ない気を許している人物――ジャックをはじめとする騎士団の騎士と話しているときに微笑むくらいだ。

（だから、『皇子殿下の運命の恋人』の二次創作では、ランベール様とルキーニ卿が恋人の話があったのよね……）

前世の自分――早都子は、男性同士の性愛に興味を示さなかったが、友人はそういった方面にも明るく情報を教えてもらっていた。

（……って、ご本人を前にわたしったら……！）

アルシオーネが内心で恥じていると、ジャックの足がある部屋の前で止まった。

「こちらの扉が、アルシオーネ様のお部屋になります」

扉を開けたジャックに促され、部屋の中に足を進める。

室内は白を基調としており、調度品も上品で落ち着いていた。華美ではないが最高級品が設《しつら》えられ、寛ぐのに最適な空間が作り出されている。

部屋の奥には一枚扉があり、そこが皇帝の部屋に続くものだとすぐにわかった。自分から扉を開けるような真似《まね》はしないだろうが、これからは近い場所でランベールが寝起きするのかと思うとどこか照れてしまう。

「アルシオーネ様の侍女も、この部屋の北側にある専用の控え室へご案内しています。彼女のほかに、陛下が選んだ信用できる側付きがのちほど伺いますので、何か必要なものがあればその者たちに申しつけてください」

「手厚い待遇に感謝申し上げます、ルキーニ卿」

「陛下のご指示です。……アルシオーネ様には、私からもお礼を申し上げます。先ほど、騎士団の騎士に足を止めて微笑んでくださった。あれで、騎士たちは己の主がどういう方かを感じたはずです」

皇宮に詰める騎士の中には、皇太后より理不尽な扱いを受けた者が少なくないという。

数年前。第二皇子と模擬戦を行って勝利した騎士が、皇太后宮へ呼びつけられた挙げ句に鞭《むち》で打たれたことがあった。しかも、皇帝が戦場にいるのをいいことに、勝手に該当の騎士を騎士団から除名しようとした。

皇帝が不在のため、事件が起きたとき皇太后に上申できる者が皇城におらず、誰もが皇太后の暴挙をどうすることもできずに歯噛《はが》みした。

だが、ただ手をこまねいているわけではなかった。

騎士らは自分たちが処分されるのを覚悟で、ある人物たちに嘆願した。彼らの訴えを受けて皇太后に異を唱えたのは、三大公爵家のうちの二公——アルシオーネと、ジャックの父の両名であった。

「私の父は、五年前の戦で片足を失いまして、今は騎士団の名誉団長として騎士たちの訓練を見てやっているのです。そこで騎士から相談を受けた父は、コデルリエ公爵にも協力を仰ぎ、皇太后の決定を覆したのです」

いくら皇太后といえども、三大公爵家のうちの二公の存在は無視できるものではなかった。内政と国防を担う二公を敵に回せば、息子が皇位に就くときの脅威になると考えたのだろう。

「そんなことがあったのですね……」

「ですから、騎士はもともとコデルリエ家の方には好意的でした。そこへきて、先ほどアルシオーネ様より微笑みをいただいた。皇帝陛下へのご挨拶前でしたので、あの場で挨拶は叶いませんでしたが、騎士たちはアルシオーネ様に剣を捧げようと決意したでしょう」

ジャックは珍しく穏やかに表情を和らげ、部屋を辞した。

自分の行動を受け入れてもらえたことは素直に嬉しい。ただ、皇太后の暴挙は想像以上に城の者を苦しめているようだ。ついその場で考え込んでいると、ジャックと入れ替わりでナタリーが入ってきた。

「アルシオーネ様、お疲れになったでしょう。お茶をお持ちしましたので、どうぞ休憩されてください」

「ありがとう、ナタリー。そうさせてもらうわ」

気心の知れた侍女の顔を見て安堵したアルシオーネは、ようやく緊張を解いて長椅子に腰を下ろす。

「皇帝陛下との謁見はいかがでしたか？」

「無事に終えたわ。とても優しい方で、わたくしの登城にお礼を言ってくださったの」

「まあ、お礼のお言葉を賜るなんて！　やはり陛下は、アルシオーネ様の皇宮入りを歓迎してくださっているのですわ」

ナタリーは感激した様子で、皇宮に到着した際の出来事を話し始めた。

皇帝から許しを得ていたものの、ナタリーもまた、皇宮入りすることに不安を覚えていた。公爵家の侍女を務めているとはいえ、皇宮では勝手が違う。使用人たちからの冷遇も覚悟したというナタリーだが、それは杞憂《きゆう》に終わった。

侍従に案内された自室は細やかな配慮がなされた部屋だったし、その後使用人に紹介されたときは皆から温かく迎え入れられたのだと嬉しそうに語る。

「皇宮で働く使用人は、皆、陛下の信が厚い者たちだそうです。アルシオーネ様がいらっしゃることを彼らは喜んでいて、陛下がようやくお迎えになった皇妃にお仕えできるのが嬉しいと言っていました」

「陛下は、使用人たちにも好かれていらっしゃるのね」

直接話したのは、先の謁見も含めて片手に満たない。けれど、ジャックら騎士団の騎士や、皇宮の使用人たちの態度から、いかにランベールが尊敬されているのかを感じることができる。

その一方で、皇太后が皇帝に無断で騎士を除名しようとするなど、以前から傍若無人な振舞いをしていたことを知った。これは原作には書かれていなかった出来事だ。

騎士除名事件が起きたときにランベールが城を離れていたためか、戦場での彼の活躍は描かれていたものの、同時期にあった城での事件には触れられていなかった。

（おそらく、本筋に関係のない話だからかもしれないけれど……原作で書かれていないところで皆が苦労していたなんて）

アルシオーネは、父が立派に公爵としての立場をまっとうしていた話を聞いて誇らしかった。コデルリエ家の娘でよかったと、心の底から感じている。

それと同時に、皇太后の人間性を垣間《かいま》見た気がして恐ろしくなった。

（……それにしても、エヴラール様ってどういう方なのかしら……？　話を聞く限りでは、まったくご自身の意志が感じられないわ）

皇太后が、第二皇子のエヴラールを皇帝の座に就かせようとしているのは、原作どおりである。ただ、肝心の本人の考えが読めない。

「ナタリー、仕事に慣れてからでいいんだけど、ちょっと頼まれてほしいことがあるの」

「なんでしょう？」

「第二皇子殿下の噂を聞いてきてもらえるかしら？　直接お会いしたことは一度もないし、どういう方かもまったくわからないの」

アルシオーネに毒を盛ったのは皇太后の差し金だが、果たして第二皇子も積極的に皇位を狙っているのか。それとも、母のいいなりになるだけの傀儡《かいらい》なのか。

そして、ランベール自身が義母弟をどう思っているのかも現時点では判明していない。皇太后が彼にしてきたことを考えれば、快く思っていなくて当然だ。まして、自身の皇位を脅かす火種でもある。

「かしこまりました。理由をお聞きしてもよろしいでしょうか」

「お会いする前に、人となりを知りたいだけよ。いずれご挨拶させていただくのに、失礼があってはいけないでしょう？　一応、公爵家でも皇族の方々について学んではいるのだけれど、基本的なことしかわかっていないのよ」

実際、皇帝陛下や皇太后、第二皇子について知っているのは、誕生日くらいだ。尊き血筋の皇家について、多くの情報が開示されないのはしかたがない。

趣味嗜好《しこう》、人となりについては、彼らと接して学ばなければいけない。もちろん、関わっていくうちに、自然と覚えることもあるだろう。

ただし、ランベールや自分を害そうとする人間を相手にする場合、何が命取りになるかわからない。ささいな失敗でつけいる隙を与えれば、アルシオーネのみならず、ランベールに迷惑をかけることになる。

騎士の除名事件を知った今、皇太后に対しますます警戒を強めることになった。

「第二皇子のことは、可能な範囲で使用人の方に聞いてまいります。ですが、アルシオーネ様は、まずご自身の御身を大切になさってくださいませ。毒から回復してまだ間もないのです。皇帝陛下のお子を産む大役もあるのですから」

「わかっているわ」

とはいえ、第二皇子がランベールを排し皇帝の座に就きたいのかどうかは、早急に知る必要がある。

前世の記憶はあるが、原作に描かれていなかった部分も多くある。蘇った記憶が必ずしも万能ではないと思い知るアルシオーネだった。


その日の食事は軽食を頼み、晩餐《ばんさん》は断った。単純に疲れてしまい、晩餐用のドレスに着替えるのも億劫《おっくう》だったのだ。

ランベールとの謁見で涙を流すほど感激し、コデルリエ家と騎士団の思いがけない縁を聞き、自分を害そうとしている皇太后のいる場所へ来た。ずっと感情が忙《せわ》しなく、太陽が沈むころには疲れ果てていた。

ランベールも外せない公務があり食事を一緒には摂《と》れないとのことだったので、アルシオーネは与えられた皇妃の間で一息ついていた。しかし、それもわずかの時間でしかなかった。閨《ねや》の準備があるためだ。

（まさか、あそこまで念入りに入浴させられるとは思わなかったわ）

ナタリー、そして、ランベールが選んだ新たな侍女ふたりは、身体の隅々までアルシオーネを磨き上げた。

バラの花びらを浮かべた浴槽に浸《つ》からせ、銀糸のような髪にさらなる光沢を与えるために特製の蜂蜜を染み込ませ、白磁のような肌にしっとりとした潤いを齎《もたら》すためにバラの香油を塗り込んだ。ちなみに香油は用途によって多種用意され、入眠用や媚《び》薬《やく》効果のあるものまで揃っているという。

最後に爪を綺麗に整えられ、絹の夜着を着せられていた。なめらかで上質な布は裾が長く、身体を覆い隠してくれたが、肌が透けるほど薄い作りである。肩紐《かたひも》は襞《ひだ》飾りが施され可愛《かわい》らしさもあるが、薄い布であることからアルシオーネの豊かな双丘の頂きや下生えをうっすらと見せているため、ひどく羞恥に駆られる。

『これから毎日お手入れさせていただきますので、そのおつもりで』

とはナタリーの言だが、新たな侍女ふたりも頷いていた。アルシオーネ自身も閨房《けいぼう》について教えられていたし、皇帝の子を授かるまでこの状況は続くのだろう。

(わたしは、そのために皇宮入りしたのだし……けれど、これはこれで恥ずかしいわ)

侍女たちは、『これほど美しい女性はいませんわ』と口々に褒めそやし部屋を辞したが、ひとりになったアルシオーネは、今度は気分が落ち着かず室内を行ったり来たりしている。

背中で流した髪が、動くたびにさらさらと揺れる感触がくすぐったい。つい姿見を見れば、薄い夜着がぴったりと肌に張り付いた身体が映り込み、赤面してしまう。

(落ち着こう。考えないといけないことはたくさんあるんだもの)

まず、ランベールが訪れたら、厚遇に対する感謝と謁見の際に犯した失態を詫《わ》びなければならない。そして、できるなら彼と良好な関係を築いていきたいと思う。

(わたしは、これから起きるだろう悲劇的な未来を回避するために来たのだもの。そのためには、ランベール様に信頼していただかないと)

アルシオーネが姿見を眺めながら、改めて考えていたときである。

皇帝の部屋と続く扉が、突然開いた。

(えっ……)

部屋に入ってきたのは、ランベールだった。そちらの扉を使用するとは思わず、アルシオーネは慌てて彼に頭を垂れる。

「皇帝陛下にご挨拶申し上げます」

「ふたりきりのときは畏《かしこ》まらなくていい。この部屋では皇帝と皇妃ではなく、夫婦として過ごすのだからな」

ランベールは寛容に言い、長椅子に腰かけた。座面と背もたれに高級な天鵞絨《ビロード》が使われている品は、皇帝の威容にふさわしい。

彼の服は謁見の間で見たときとは違い、白の襯衣《しんい》と黒の下衣という楽な格好にもかかわらず、その場にいるだけで存在感があった。襯衣から覗く喉元と鎖骨がやけに色っぽく、目のやり場に困ってしまう。

「ご配慮に感謝いたします。何か飲まれますか？」

「いや、いい。――こちらへ」

手を差し出した彼に、となりに座るよう促される。皇帝と並んでよいものかと躊躇《ちゅうちょ》するも、呼ばれて断るのも不敬にあたる。それに、これから彼と寝所を共にするのに、一緒に座るだけで緊張してもいられない。

おずおずと長椅子の端に腰を落ち着けると、ランベールがアルシオーネに目を向ける。

「体調はどうだ？」

「皇宮医に診ていただいたおかげで回復いたしました。陛下には感謝しております」

「もともと病弱だと聞いている。異変を感じたらすぐに医師を呼ぶんだ。いいな？」

ランベールの言動には圧がある。だが、その言葉は気遣いに溢《あふ》れていた。こんなふうに優しく扱われるとは予想外で、「陛下の仰せのとおりにいたします」と答えながら笑みが零《こぼ》れる。

すると彼は、安心したように吐息をついた。

「謁見の間で涙を流したそなたを見て、皇宮入りを許可したことを悔やんだ。毒に倒れて間もない身で、負担をかけるべきではなかったと」

「あ……あのときは大変失礼いたしました。皇宮入りはわたくしが望んだことなので、陛下がお悔やみになることはございませんわ。わたくしが涙したのは、お伝えしたとおり……嬉しかっただけなのです」

前世で早都子だった自分の感情が迸《ほとばし》っただけで、皇宮入りを負担に感じていたわけではない。もちろんそんなことは言えないが、誤解はしてほしくなかった。

「わたくしは、陛下のお役に立つためにこちらへ参りました。ですから、どうか心配なさらないでください」

「一年前に出会ったときよりも、ずいぶんと強くなった」

ランベールの言葉に、アルシオーネの大きな目がさらに見開かれる。

「覚えてくださっていたのですか？」

「ああ。デビュタントのときに見たそなたはまだ幼さが残っていたが、今はまったく印象が違う。強い意志を持って、皇宮入りしてくれたのだとわかった」

言いながら、彼は端正な相貌に暗い影を落とす。

「しかし、私がそなたの身の安全をもう少し考えていれば、毒を盛られることはなかった。犯人の裏にいた人物に気づいているとジャックに聞いたが」

「……はい、恐れながら。名を出すことは憚《はばか》られますが」

「それでも、皇宮入りしてくれたのだな」

ランベールの顔に、苦い笑みが浮かんだ。アルシオーネが胸の痛みを覚えたとき、彼は決然と言い放つ。

「私が妃を持つことになれば、その相手が危険に晒されることになるのはわかっていた。次期皇帝が生まれれば、彼の者の皇位継承順位は下がるからな」

「……だから陛下は、皇妃を選ばれなかったのですね」

「ああ。周辺諸国との関係が安定していなかったこともあるが、戦で皇宮を開けている間に妻や子を害されるのは目に見えていた。戦に集中するためにも、世継ぎを後回しにせざるを得なかったのだ」

しかし、戦も落ち着き、政情も安定した今、皇帝としての責務を果たさなければならないと彼は言う。

「そなたを必ず守ると誓う。もう二度と、危険な目には遭わせない」

「はい。わたくしも、陛下のお心を乱すことのないように、今まで以上に自分自身を守りますわ。そして、陛下のことも」

「私を？　そなたがか」

「わたくしは病がちではありましたが、それでも今まで命を落とすことはありませんでした。これでも意外と生命力が強いのです。毒を盛られても生還したのですから」

アルシオーネは、彼が自分のために心を痛めないようにあえて明るく告げた。

最初は彼の纏う威圧感や人間離れした美貌に緊張していたが、それよりもランベールが葛藤している姿がつらかった。

（やはり、この方は優しいわ……）

皇帝という立場でありながら、自分が傷つくよりも周囲が傷つくことを厭《いと》うのだろう。普段は帝国唯一の絶対者としてその座に君臨し、苦悩など微塵《みじん》も感じさせないが、家臣に見せない姿を垣間見られたことが嬉しく思う。

「深窓の令嬢だとばかり思っていたが、そなたはそうではないのだな。――アルシオーネ」

ランベールの大きな手が、アルシオーネの手に重ねられる。ごつごつとした感触だが、心地よいぬくもりに包まれる。

初めて親しく名を呼ばれ、鼓動が高鳴るのを感じながら視線を合わせると、漆黒の瞳がアルシオーネに据えられた。

「……今さらだが、なかなか扇情的な姿だな」

すっかり忘れていたが、今のアルシオーネは薄い夜着を身につけているだけである。ほぼ裸体に近い格好をしていることを指摘され、全身が熱くなる。

「も……申し訳、ありません」

「なぜ謝る？　確かに忍耐力が試されそうだが、とても美しい」

「っ……」

指を絡められ、艶《つや》やかな声で囁《ささや》かれたアルシオーネは、頭の中が真っ白になった。

前世でも性体験はないし、今世では知識をたたき込まれただけ。異性との接触といえば家族や屋敷の使用人のみだった身に、ランベールの色気は甘い毒だ。

直視するのが躊躇《ためら》われるほど完璧な造形の顔が近づいてくる。心音が激しくなり、アルシオーネの豊満な乳房が揺れている。

居たたまれずに視線を泳がせれば、重ねていた手を引き寄せられた。

「あっ……」

彼の逞しい胸板に手をつく体勢で倒れ込み、ハッとして離れようとする。しかしランベールはアルシオーネの細腰を抱き、いっそう身体を密着させた。

「疲れているだろうから今晩は抱かないが、これくらいは許せ」

「ん……っぅ」

ランベールの唇がアルシオーネのそれを塞いだ。

目を閉じる間もないまま、角度をつけて口づけられる。動揺して固まっているうちに、唇の合わせ目から舌が侵入してきた。

歯列をなぞり、舌の裏側を舐《な》められると、ぞくりとした感触が背筋に走る。

(こんなふうに口づけられるのは初めてだわ……)

家族とのキスは親愛の情を表すだけで、唇に触れることはない。しかもランベールの口づけは、ただ触れ合わせるだけではなく、舌を絡めるものだから戸惑ってしまう。

「ん、っ……ンンッ」

舌の表面を撫でられて、肩が震える。嫌悪はまったくない。ただ、飲食のために使用していた器官で官能を高められていることが、とても恥ずかしく思える。

徐々に溜《た》まってきた唾液を嚥下《えんげ》すると、なぜだか甘い味がした。アルシオーネの身体からは力が抜けていき、思考が散漫になってくる。

(ランベール様と、ずっとこうしていたくなってしまう)

彼と初めて交わすキスに、しだいに夢中になっていく。まるで自分がランベールに食べられているような気分になる。

大きく逞しい彼の身体が熱い。いや、自分の体温が上がっているのだろうか。他愛《たあい》のない問いが頭を過るも、すぐにランベールの舌先に翻弄される。

くちゅくちゅと唾液が攪拌《かくはん》される音がする。それはどんどん大きくなっていき、比例して心地よさが増していた。

「陛下……」

わずかに唇が離れた隙に息をついて彼を呼ぶ。口角を上げたランベールは、獲物を前にした獣のように自身の唇を舐めた。

「これ以上すると負担をかけそうだな」

彼は、バラ色に染まったアルシオーネの頬を指で撫で、今度は軽く額にキスを落とす。

「明日は時間を空ける。午後からでよければ私が城の中を案内しよう」

「……よろしいのですか？」

口づけの余韻に浸りながらも、つい心配が漏れる。多忙な皇帝自ら案内してもらうのは申し訳ない気がする。それに、皇太后に会う可能性もある。挨拶をしないうちに表に出るのは躊躇われた。

「心配せずとも大丈夫だ。〝あれ〟は、めったに宮から出てこない」

アルシオーネの懸念を悟ったのか、ランベールが言う。立ち上がった彼に微笑まれホッとしたものの、もうひとつの心配のほうが重要だ。

「陛下はお忙しいのではありませんか？　わたくしのことはお気になさらず、どうか少しでもお休みになってください」

「そなたは、優しいのだな。だが、妃と親交を深めるのも大切なことだ。それと……」

ランベールは一度言葉を切り、腰を折った。

「ふたりきりのときは、私のことは名前で呼ぶように。いいな?」

「は……はい。ランベール、様……」

彼は、「それでいい」とアルシオーネの頭をひと撫でし、皇帝の間へ続く扉の向こうへ消えていく。

(陛下の名を呼ぶ権利をいただいたわ……。原作では、ふたりきりでもずっと『陛下』と呼んでいたのに……)

前世の記憶と今いる現実は、わずかな差異が生じている。不思議な感覚だが、アルシオーネにとっては喜ばしい変化だ。

(どうしよう。今夜は眠れないかもしれない)

アルシオーネはランベールとのキスや彼の発言で胸がいっぱいになり、高鳴る鼓動を抑えることができなかった。

第二章　初夜のお務め

皇宮入りした翌朝。目覚めた瞬間に見慣れぬ天井が目に入り、アルシオーネは目を瞬かせた。しばしぼんやりしていたが、ここが皇宮だと気づくと、すぐさま弾《はじ》かれたように寝台から起き上がる。

（わたし、あのまま寝てしまったのだわ）

昨晩は、ランベールがふたりの部屋を隔てる扉を通り、こちらへ来てくれた。しかし、妃のお務めについては、アルシオーネの体調を気遣った彼が先送りにしてくれている。

だが、その代わりにランベールとたくさん会話をすることができたし、今日、城の中を案内してくれると約束もした。

（それに、口づけも……）

舌を絡め合い、お互いの唾液が混ざり合う口づけはとても淫らだった。思い出すだけで心臓が通常とは違う動きをし、息が苦しくなるほどだ。

原作小説では、そこまで詳細な性的描写はなかったはずだ。主人公の敵役であるランベールは、戦場で活躍する場面のほうが多かったし、アルシオーネとは政略結婚で愛のある関係ではなかった。だから、よけいに刺激的だった。

（ランベール様のお顔が恥ずかしくて見られないかも……でも、お務めだってあるのだから、そんなことは言っていられないわね）

思いがけず彼と触れ合えたことが嬉しかった。そして、自分を気遣ってくれたことも。ランベールの役に立ちたくて皇宮入りしたが、命を狙われたばかりで怖くないわけがない。その気持ちをわかってくれていたのが、アルシオーネは嬉しかった。

「アルシオーネ様、起きていらっしゃいますか」

「ええ。入っていいわ」

ノックとともに聞こえたのは、ナタリーの声だ。

入室を許可すると、彼女と、新しく侍女になった二名――ドロテとサラが連れだって入ってきた。

この宮に勤める者は皆、ランベールが精査していたが、アルシオーネに仕える侍女もまた厳しく選考されたという。新しい侍女の存在は、皇宮生活が始まったことを強く意識させられる。

気持ちを改めていると、ナタリーがまだ寝台の上にいるアルシオーネを気遣った。

「朝食はいかがなさいますか？　陛下より、アルシオーネ様はお疲れなので、お部屋でとられたほうがいいと申しつかっておりますが」

「陛下は、もうお食事は済ませたのかしら？」

「はい。本日は、皇妃殿下とお約束があるからとおっしゃって、少し早めに食事をされていました。公務の合間に時間を取るとお話を伺っております」

答えてくれたのは、ドロテである。ふくよかで愛嬌《あいきょう》があり、もうひとりの侍女のサラとは姉妹だと聞いている。騎士団のジャック・ルキーニの従姉妹《いとこ》で、今回アルシオーネが皇宮入りするにあたり側仕えを選考していたときに、皇帝より直々に専属侍女を命じられたそうだ。

(皇妃殿下って……わたしのことよね。なんだか慣れないわ)

結婚式はまだ先になるが、皇宮入りしたアルシオーネはすでに皇帝の妃として扱われる。ベントラント帝国では、皇帝ランベール、皇太后モルガール、第二皇子エヴラールに次いで、位が高い。

とはいえ、まだお務めも果たしておらず、皇太后との謁見もしていないため、公には微妙な立場にある。

「ドロテ、サラ。わたくしのことは、名前で呼んでちょうだい」

「かしこまりました。では、このお部屋の中に限りそうさせていただきますね」

アルシオーネの意を汲んだドロテとサラは、笑顔で承諾してくれた。

ランベールが選んだだけのことはあり、ふたりとも裏表がなく話しやすい人物である。だが、そうかと言って不敬な態度は取らない。ナタリーや彼女たちと一緒なら皇宮でも生活できそうだと自信が持てた。

「今日は午後から、陛下がお城の中を案内するとおっしゃってくださったの。だから、朝食をとったあとにドレスを選ぶのを手伝ってくれるかしら」

「はい、喜んで！」

三人の侍女の声が重なり、アルシオーネは思わず笑みが零れる。

「もう仲良くなったみたいね。嬉しいわ」

皇宮という慣れない場所で、ナタリーを苦労させるのは忍びなかったが、頼もしい仲間がいれば、皇宮でもコデルリエ家にいたときと同じように、のびのびと仕事をしてくれるだろう。

侍女たちの動きは速く、ドロテはアルシオーネの食事を持ってくるために厨房《ちゅうぼう》へ向かい、あとのふたりはさっそくドレスやアクセサリーを選び始めている。

「アルシオーネ様はお肌もお髪《ぐし》もお綺麗ですし、体型も理想的なのでドレスの選び甲斐《がい》がありますわ！」

そう言って褒めちぎってくれたのは、サラである。ドロテとよく似た容姿を持っている彼女もまた、アルシオーネに好意的である。

「ありがとう、サラ。けれど今日は、あまり派手なものじゃなく、おとなしい色味でお願いね。できれば、陛下のお好きな色がいいわ」

「でしたら、淡い青のドレスはいかがでしょう？」

「それなら、アルシオーネ様の瞳の色と合うドレスがあるわ！」

サラの提案に、ナタリーが同意する。ふたりの楽しそうな様子を見ていると、ここが皇宮だと一瞬忘れそうになる。

（ドロテやサラの性格も考慮して、わたしの侍女に選んでくれたのかもしれないわね）

侍女たちを微笑ましく眺めながら、ランベールとの約束を心待ちにするアルシオーネだった。

＊

アルシオーネとの約束の一時間前。ランベールは、執務室で宰相フェルナン・コデルリエの報告を聞いていた。

議会を通過した予算編成の承認書や、軍備費の見直し案などが盛り込まれた上申書に対する説明があったが、報告の内容は特に問題なく、不明瞭な部分もない。

ランベールは基本的に、フェルナンの決定には諾で答えることが多い。内政については、この男に任せておけば大丈夫だと信頼を寄せている。

決済が必要な書類にサインをしていると、ふと、フェルナンが何か言いたげな視線を寄越しているのに気づく。

（娘のことを心配しているのだろうな）

フェルナンは、言わずとしれたアルシオーネの父である。立場上は、皇帝が妃を迎えたことは喜ばしいだろうが、皇宮には毒婦がいる。まして、彼女はすでに一度毒殺されかけた。父親としては、娘の身を案じるのは当然のことだ。

「アルシオーネは、よい娘だな」

書類から目を離さずに告げれば、フェルナンがやや驚いたように声を上げる。

「陛下にそう思っていただけたなら親としては喜ばしいことです。いや、まだ身体が回復して間もないのに皇宮入りするなんて、親としては心配でなりませんでした。ですがあの子は、お役目をまっとうしたいと……陛下と帝国のことを第一に考えていたのです。まだ子どもだとばかり思っていたのに大人になったものだと、私はそのとき感動の涙を抑えるのに必死でございました。息子のセドリックも妹の成長に」

「フェルナン、落ち着け。おまえが娘を大事にしているのはわかった」

このまま放っておけば延々と話しそうで、さすがに窘《たしな》める。フェルナンは、「申し訳ございません」と我に返っていたが、ランベールはアルシオーネの心の強さの理由がわかる気がした。

家族からの愛情を一身に受けて育ってきたからこそ、無私でいられるのだ。帝国や皇帝に対する忠誠は、父親から学んできたに違いない。

「アルシオーネは、私を守ると言っていた。そんなことを言われたのは初めてだったな」

昨晩のことを思い出すと、愉快な気分になる。

ランベールは、常に何かを〝守る〟立場にいる。帝国を、この国に住む人々を、周辺国の脅威から守るために戦に身を投じた。

戦が終われば、今度は皇太后モルガールから自分の身と皇家を守らなければいけなかった。

自身が血を分けた息子――第二皇子のエヴラールを皇帝の座に就かせるために、皇太后は幾度となく暗殺者を送り込んできた。

それが失敗に終わると、今度は有力貴族の取り込みを始めた。

ランベールが戦地に赴いている間に、帝国議会で発言権を持つ貴族の半数を手中に収めた皇太后だが、皇帝派も黙っていたわけではない。エヴラールの皇位継承権の剥奪《はくだつ》、もしくは順位を下げるべく、帝国法の改正を試みた。

現在の帝国法では、皇位継承権は男子に受け継ぐものとしていたが、これを長子に変更しようとした。改正により、ランベールの子が女子であっても皇帝の座に就くことができるからだ。

帝国法を変えることができれば、皇太后にとっては大きな打撃となる。加えて、無用な皇位争いを避けるためでもあった。

だが、いまだ改正に至っていない。議会では、皇帝派と皇太后派の数が拮抗《きっこう》していたこともあり、互いに決め手を欠いたまま現在まで平行線を辿《たど》っている。

もしも、第二皇子が皇帝の座にふさわしい器であったならば、ランベールは異母弟に皇位を譲っていたかもしれない。しかし、現状それは難しい。エヴラールは、皇太后に言われるがままの人形に徹しているからだ。

　そのような者に帝国の行く末を任せるわけにはいかない。ランベールを支持している目の前の宰相をはじめ、騎士団や貴族たちの想いに報いるために。無辜《むこ》の民が、戦禍に巻き込まれ、飢えることのないように。

　己に託された帝国の未来を背負い、ランベールは皇帝の座に君臨している。

（……にもかかわらず、俺を守ると言うか）

　アルシオーネの物言いを、面白いと思う。同時に、その屈託のなさが微笑ましい。殺伐とした戦場で生きてきた身には、彼女のまっすぐな心根はとても眩《まぶ》しい。

「陛下。アルシオーネをよろしくお願いします。あれは未熟なところも多くありますが、誰に対しても感謝を忘れない優しい娘です」

「わかっている」

『獣帝』の異名を持っているのは伊達ではない。ベントラント帝国において、個人の武でランベールに敵《かな》う者はいなかったし、大陸全土を見渡しても一対一であればどれだけ名のある敵将でも葬れる自信はある。

　だから、予想外だったのだ。ランベールを『守る』と言う彼女が。

　アルシオーネは与えられている状況を享受するだけではなく、自らの意志で動いていた。普通の令嬢にはない芯の強さを感じ、好ましく感じる。

政略で繋がれた縁ではある。しかしランベールは、アルシオーネを深く理解し、願わくば情を交わしたいと思っていた。

＊

侍女たちの尽力で、アルシオーネは通常よりも軽やかさを重視した装いになった。

薄青のドレスは涼しげで、幅広の袖には白のレースが飾り付けられている。スカート部分は動きやすさを考慮し、裾が広がらないタイプのものにした。首にはドレスと同色の宝石をつけ、軽装でありながら気品も損なわないよう留意されている。

髪は背中で流しているだけだが、ドレスの色味と髪色が合っているため、アルシオーネの清《せい》楚《そ》さと上品さを際立たせていた。

（昨日のような正装も華やかでいいけれど、やっぱり軽装のほうが動きやすいわ）

「いかがでしょうか？」

侍女たちに問われたアルシオーネは、満足して頷いた。

「とても気に入ったわ。ありがとう」

「とんでもございません！　これくらい侍女ならば当然のことですわ！　ですが、アルシオーネ様のようにお礼を言ってくださる方にお仕えできるなんて……わたくしたちも大変光栄に思っております」

ドロテとサラは、きらきらと目を輝かせ、アルシオーネを見つめる。

コデルリエ家は、使用人に対して傍若無人に振る舞う者はいない。屋敷で働く者に敬意を払うべきというのは、父の教えである。

しかし、ドロテらの話によれば、皇太后宮で働く使用人たちへの扱いはひどいものだという。皇太后が少しでも気に入らないと思えば、鞭で打たれることもあるそうだ。

「中には、腕や足に怪我《けが》を負った使用人もいるとか」

「その使用人は大丈夫だったの？」

つい気になって尋ねると、侍女たちの表情が曇る。

「皇太后宮から追い出されたそうです。話を聞いた騎士団の方々が不憫《ふびん》に思い、縁のあるお屋敷へ紹介状を書いたと聞いています」

「そう……」

ホッとした反面、暗い気持ちが胸に広がる。

皇太后への恨みは、そのまま皇家への恨みに繋がる。人々に阿《おもね》る必要はないが、帝国の最上位にいる人間が、下の者を理不尽に傷つけるなどあってはならない。

（ああ、こういう細かな出来事は、やっぱり原作で描かれないのね）

物語は、主人公や準主役らに焦点が当てられる。それは正しい。けれど、その裏でこうして苦しめられている人たちもいる。

アルシオーネにできることは、せめて目の届く人々が幸せになれるように――皇妃として、模範となるべき存在であるよう努めるだけだ。

前世を思い出してからは、不思議なことに〝皇妃〟という立場を前向きに捉えている。

この変化も、原作で起こった悲劇を回避するひとつの要因になればいい。

アルシオーネが考えていたときである。

「皇帝陛下がいらっしゃいました」

ナタリーの声で振り返ると、開いた扉の外にランベールが立っていた。

「まあ、陛下……！　お呼びになってくだされば、こちらから伺いましたのに」

「今朝は食事を共にできなかったからな。使いをやる時間が惜しかった」

さりげない彼の言葉に、心臓が細かな拍動を刻んだ。

（ランベール様は、こんなに皇妃を甘やかす方だったのね……）

前世で読んだ原作で物語の流れは把握している。だが、大筋にはない小説では描かれなかった小さな日常が、アルシオーネの心を弾ませる。

「では行こう。城の庭園を案内する」

「はい、陛下」

皇妃の間を出て、彼と共に迷路のような皇宮の通路を進む。その少し後ろをついてくる騎士団の数名の中にジャックもいたため、アルシオーネは軽く目礼した。

すると、気づいたランベールが感心したように言う。

「フェルナンの言ったとおりだな。目端が利く」

「父は何を言っていたのですか？」

「そなたは、誰にでも感謝を忘れぬ優しい娘だと言っていた。今も、ジャックに目を遣っていただろう。よく周りを見ているのだな」

「父は、その……わたくしを過大評価しているのですわ。わたくしが周囲に感謝をするのはフェルナン家の教えでもあります。それに陛下こそ、よくご覧になっていらっしゃいます。ほんの一瞬のことでしたのに」

ジャックに視線を向けたのは数秒程度にもかかわらず、それでも気づく彼に驚く。けれどランベールは、なんでもないことのように答える。

「昔から人の視線や挙動に敏感なだけだ」

(それって、皇太后に命を狙われてきたからよね)

誰も信じられず、常に周囲を疑わなければならなかったランベールの孤独が、ささいな会話から垣間見える。

原作の彼は、そのせいで不眠になっていた。けれど、それ以外にももっと様々な苦しみに襲われてきたのだろう。

（必ず、ランベール様にも幸せになっていただかないと……！）

「それなら、わたくしはふたりでいるときは陛下に寛いでいただけるよう頑張ります」

「……そうか。期待している」

アルシオーネの宣言にも、ランベールは否定せず優しい言葉をかけてくれる。短いやり取りだけで、彼が皇太后のように権力を盾に理不尽な行いをする人間ではないと察することができた。

彼が皇帝の座にいることで、この国は安定を保っているのだ。しかし、身内から命を狙われながら重責を担っている彼の心を思うといたたまれない。

他愛のないやり取りをしているうちに、ランベールは中庭へつづく扉を開けた。

皇宮から皇城へは迷路のような道順を経て辿《たど》り着《つ》けるが、中庭からも行き来できるという。もっとも、各庭園の出入り口ごとに厳重な管理がなされ、誰もが通り抜けられるわけではないらしいのだが。

「ここは、皇族以外の立ち入りが禁止されている庭園の一角だ。そなたの皇宮入りが決まってすぐに、作り替えさせた」

バラの緑門をくぐり抜けると、広々とした毛氈《もうせん》花壇にたくさんの花々が植えられていた。赤やオレンジのダリアやペチュニア、黄色のマリーゴールドに青のサルビアなどが植えられているが、様々な色合いの花々が見事に調和され、緑の芝に映えている。

大きな木々に囲まれた庭園は外からの視線を遮っており、まるで隠れ家のようだ。

後ろからついてきた騎士たちは、緑門に留まり中に足を踏み入れない。護衛はしているが、皇帝と皇妃の会話を邪魔しないよう配慮されている。

「こんなに美しい庭園は初めて見ました」

花壇の観賞用なのか、木製の長椅子と小卓子《テーブル》が木陰に設置されていた。ランベールに座るよう促され腰を下ろすと、となりに座った彼が花壇を見遣《みや》る。

「ここは、アルシオーネ専用の庭だ。好きに利用するといい」

「えっ……よろしいのですか？」

「好きな花を植えてもいいし、ここで息抜きをしてもいい。皇宮にこもりきりでは息が詰まるだろう」

「ありがとうございます……ランベール様。お天気のいいときは、こちらで読書をするのも楽しそうですわ」

彼の心配りが嬉しくて微笑むと、ランベールが興味を惹かれたようにアルシオーネと視線を合わせる。

「読書が好きなのか？」

「はい。幼いころ身体が弱く、外出もあまりできませんでしたので本ばかり読んでいたのです。本の中で登場人物たちが楽しそうにしていると嬉しくなって、まるで自分がその中で生きているような気持ちになりました」

前世の早都子との共通点といえば、読書好きということだろう。

アルシオーネは、恋愛小説はもちろんだが、冒険小説をよく読んでいた。勇者が魔物を退治したり、秘宝の探索に危険な場所へ赴く場面を読むと、自分も一緒に冒険をしている気分になれたから。

「それなら、城の図書室の使用を許可しよう。自由に使うといい」

「お城の？　それは……かなり貴重な書物を所蔵していると伺っています。学者の方も閲覧許可をいただくのは難しいと聞いておりますし、わたくしがただ趣味のために入るのは申し訳ありませんわ」

「遠慮せずとも構わない。禁書庫以外であれば、好きに閲覧できるよう通達しておこう。それ以外にも、何かあれば用意するが」

ランベールの手厚すぎる対応に恐縮したアルシオーネだが、ひとつ思いついて彼を見る。

「それなら、ひとつだけお願いがございます。ラベンダーがあったら、それを分けていただきたいのです」

「その程度すぐに用意できるが、なぜだ？」

「ラベンダーの香りは、とても気持ちが落ち着くらしいのです。香油の原料にも使用されていて、安眠効果もあるという話だったので……陛下がお休みのとき使っていただければと思いました」

ラベンダーの話は、昨夜入浴後に香油を塗られていた際に侍女から聞いたことだ。

彼がほとんど睡眠を取れないことは、原作で描かれている。だから少しでも長く眠ってほしいと思い、申し出たのである。

「自分のための願いではないのか」

「信頼できる侍女もつけていただきましたので。わたくしは充分ですわ」

これは、嘘偽《うそいつわ》りのないアルシオーネの本心である。

皇宮入りするにあたり、皇家から公爵家宛に手厚い心遣いをもらっている。毒殺未遂事件の見舞いも含まれるそれらには、皇家秘蔵の宝物や、希少な宝石や絵画などがあった。値段のつけられない品々を見た父が、『公爵家の家宝にする』と言っているくらいだ。

「それよりも、ランベール様はわたくしに何かお望みのことはございませんか」

「そなたに？」

「はい。なんでもよいのです。もしもできないことであれば、できるように努力します」

彼は、アルシオーネを『世継ぎを産むための道具』として扱わない。政略でしかない婚姻に乗り気でなかったはずなのに、一度迎えた妃に精いっぱいの誠意をくれる。

ならば、自分はランベールに何ができるのか。前世の記憶を頼りに、未来を変えるためにやるべきことはあるが、それはアルシオーネが勝手にすることだ。

彼自身の幸せのために、何かをしたい。ただの夫婦として、夫と関係を深めていきたいと考えたのである。

「本当に、面白いことを言う」

ランベールは、ごくわずかに目元を緩めた。笑みというには、あまりに小さな表情の変化だ。それでも、厳しい顔つきをしていることの多い彼が見せた珍しい変化は、アルシオーネをときめかせる。

（なんて素敵なのかしら……となりに座っているだけで、こんなにドキドキするなんて）

心地よい風が髪を掠《さら》う。穏やかに流れる時間に身を任せながら、いつまでもこうしていたいと感じて自然と微笑みが浮かぶ。彼もまた、アルシオーネと同じように寛いでいるようでそれが嬉しかった。

しばらく無言だった彼は、ふと思いついたように口を開く。

「今、ひとつ望みが浮かんだ。いいか？」

「もちろんです。なんでもおっしゃってください」

そう答えた瞬間、ランベールは自身の身体を傾け、アルシオーネの膝の上に頭を預けた。

（えっ！）

「らっ、ランベール様⁉」

長い足を椅子の上に投げ出し、自分を見上げてくる彼は、どことなく楽しそうだった。

しかしこの体勢では、皇帝を見下ろすことになってしまう。とてもじゃないが視線を下げられない。狼狽えたアルシオーネは、目を泳がせる。

「どうした？」

「こ、この体勢は恐れ多いです……」

「望みを思いついたのだから、行動したほうが早いと思ってな。しかも、思った以上に楽でいい体勢だ」

手を伸ばしたランベールが、アルシオーネの頬に触れる。指先でくすぐるように撫でられて、気恥ずかしさを覚えつつ彼にされるがままになる。

片手で数えるほどしか会話をしたことのない、この国で一番尊い存在の皇帝陛下は、アルシオーネにとって畏怖の対象だった。自分が皇妃候補に選ばれ、妃教育を受けていても、どこか現実感に乏しかった。

だが、前世を思い出したことにより、彼の歩んできた人生を知ったことで、遠くの存在だった皇帝が一気に身近に感じられた。

（でも、前世の記憶にないランベール様が今、ここにいる）

昨夜、キスだけで済ませたのも、今日、庭園に連れてきてくれたのも、彼がアルシオーネを怖がらせないように、少しずつ歩み寄ってくれているから。『獣帝』と呼ばれ、敵国から恐れられる存在は、周囲の人間を大切にする人だったのだ。

原作で描かれる姿も雄々しく素敵だったが、今ここにいる彼に強く心を奪われる。頬に感じるぬくもりは泣きたくなるほど優しく、ランベールの瞳に自分が映っていることが幸福で胸の奥が喜びを訴えた。

「そなたの頬は、柔らかいな。昨夜味わった唇は、もっと柔らかかったが」

「……な、何をおっしゃっているのですか」

「私は存外、そなたを気に入っているという話だ。身体が回復してすぐに皇宮入りしてくる強さも、私を守ると言った勇ましさも好ましい」

（えっ……）

アルシオーネは、言葉の意味を咀嚼《そしゃく》し、理解したと同時に、頬がバラ色に染まった。

原作の皇帝と皇妃の関係は、ただの政略結婚でしかなかった。番外編でも、ふたりの仲について深く描かれていない。だから、ランベールが今くれた言葉がにわかに信じられずに目を瞬かせてしまう。

「アルシオーネ？」

「あ……ありがとうございます。まさか、陛下からそのようなお言葉を頂戴できるなんて思っていなかったので」

「〝陛下〟？」

「……申し訳、ありません」

ふたりのときは名前で呼ぶよう言われていたのに、動揺していつもの癖が出てしまった。しかも、ランベールの言い方が、まるで名前で呼ばれたがっているように聞こえるから、よけいに困惑する。

（ランベール様は、わたしと距離を縮めようとしてくれているのよね？　好ましいって言われたからって、真に受けてはいけないわ。わたしと同じ気持ちで好いてくれているなんて、自惚《うぬぼ》れちゃだめよ）

アルシオーネは心の中で己を戒めた。

ランベールに対する自分の気持ちを表現するなら、〝好意〟が一番正しかった。それまでは〝畏怖〟だったが、前世で〝推し〟だったことを思い出し、彼に思い入れを抱いた。

だが、今、アルシオーネは、ランベールにそれらとは別の想いを抱き始めている。

（だって、世継ぎのための結婚をしたわたしに、こんなに優しいんだもの……）

幼きころに皇位に就き、皇太后に命を狙われてきたのだ。誰も信じず、心を許さずともおかしくないし、少なくとも原作ではそうだった。

壮絶な過去を背負いながらも、皇帝として妃や臣下臣民へ心を砕く姿は、前世の自分が愛したランベールとは少し違う。それでも惹かれずにはいられない。

しばし、彼と視線が絡む。言葉はないけれど、気まずさは感じない。ただ、心臓が躍り狂って息苦しいのに、ランベールから目が離せない。

「そろそろ戻らねばいけない時間か」

彼の声でハッとすると、緑門にいた騎士のひとりがこちらへ向かって歩み寄ってくるところだった。

「お寛ぎ中失礼致します。会議のお時間が迫っておりますので、お知らせに上がりました」

「わかった」

身体を起き上がらせた彼は、呆然《ぼうぜん》としているアルシオーネの頬に片手で触れた。唇を親指で撫でられて、ぴくりと肩が上下に揺れる。

「図書室はいつでも使用できるように取り計らっておく。自由に出入りしていい。部屋まで送れなくて悪いが、ジャックに付き添わせる」

「ありがとう、ございます……」

「有意義な時間だった。——では、また夜に行く」

ランベールは名残を惜しむように手を離し、騎士とともに庭園を去っていく。

入れ替わりに入ってきたジャックは、ぼんやりと椅子に座るアルシオーネに遠慮がちに声をかけた。

「アルシオーネ様。まだこちらにおられるなら、使用人に飲み物を持ってこさせますが」

「……いえ、もう部屋に戻るわ」

「それでは、お送りいたします」

ジャックに手を差し出され立ち上がったアルシオーネは、まだ夢を見ているような心地で庭園を後にする。

（どうしよう。ランベール様が素敵すぎて……平常心でいられないわ）

ランベールに触れられた頬が熱を持つ。それは彼がそばにいなくても冷めることはなく、しばらく火照った顔を持て余すことになった。

その日の晩餐も、ランベールと一緒に摂ることはできなかった。けれどアルシオーネは、少しだけホッとしていた。

彼と一緒にいると、心臓をぎゅっと絞られたように苦しくなる。それなのに、顔を見たいし、声が聞きたいと思う。そして、できれば触れてほしいと求めてしまいそうな自分がいる。

どんどん欲深になるようで恥ずかしい。これでは彼の望みを叶えるどころか、自分の欲ばかり膨れ上がっていきそうだ。

「アルシオーネ様、陛下と何かあったのですか？」

昨日と同じように、念入りにアルシオーネの肌や髪を手入れしていた侍女三人が、不思議そうに尋ねてきた。特にナタリーは、コデルリエ家にいたときからずっと仕えていたこともあり、アルシオーネの変化に敏感なのだ。

「陛下とお出かけになってから、ずっと心ここにあらずでしたが」

「……何もないわ。ただ、すごくすごく陛下が素敵だったの。図書室が利用できるよう手配するとおっしゃったり、専用の庭園まで造ってくださって……それだけで嬉しいのに、わたくしの希望を聞いてくださるのよ？　優しい心遣いをいただいて胸がいっぱいになって、食事が喉を通らなくなってしまうわ」

「そのわりに、しっかり食後のお菓子も食べていらっしゃいましたが」

「せっかく用意してもらっているのに、食べないと申し訳ないじゃないの」

ナタリーの突っ込みに生真面目に答えつつ、アルシオーネはうっとりと語る。

「とにかく、何をしていても陛下のことを考えてしまうの。今何していらっしゃるかしら、とか、美味《おい》しい晩餐を陛下と一緒にいただきたかった、とか、陛下が常に心の中にいて、お顔を思い出すだけで動悸がするの。もうどうしていいか……」

「アルシオーネ様、それは恋ですわ！」

ドロテとサラの声が重なり、ナタリーも大きく頷く。

「お話を聞いている限り、陛下が好きで好きでしかたないと聞こえます」

「そう……かしら」

改めて人から指摘されると、とても自分が浮かれているようで羞恥心が湧いてくる。しかし侍女たちは、微笑ましそうにアルシオーネを見ていた。特にナタリーは、姉妹のように育ってきただけに、感慨深そうである。

「陛下をお慕いしているのですね」

「……わたくしは、あの方のお役に立てればそれでいいの。でも、少しでいいからランベール様に好かれたい……そう思うのは不遜かしら」

「いいえ！　好きな方と想いを交わしたいと思うのは当然のことです！」

今度は、ドロテとサラに加え、ナタリーの声も重なった。三人の侍女は、「そうと決まれば腕によりをかけてアルシオーネ様を磨き上げます！」と気合いを入れている。

「ありがとう、三人とも。あなたたちがわたくしの侍女でよかったわ」

前世の記憶が蘇ったことで、ランベールが今後辿るだろう悲劇を回避するために自ら皇宮入りしたものの、皇宮での生活については何も考えていなかった。彼女たちがいなければ、心細い想いをしていたに違いない。

「陛下に大切にしていただいているうえに、信頼できる侍女がいてくれるのだから、とても幸せね、わたくしは」

夜着を着せられながら礼を告げると、ナタリーが微笑む。

「アルシオーネ様のお気持ちを、正直に陛下にお伝えすれば喜ばれるかと思います」

「正直に……？」

「ええ。わたしたちも、今、とても嬉しいですから」

その後、侍女三人は言葉どおりアルシオーネを美しく磨き上げた。淡い恋を知った主を応援すべく、自分たちの培った技のすべてを駆使したのである。

彼女たちが満足そうに立ち去ったあと、改めて自分の姿を姿見に映したアルシオーネは、侍女の手腕にひたすら感嘆する。

（ナタリーたちは、本当にすごいわ。いつもの自分よりも綺麗に見えるもの）

薄手の夜着は最高級の絹である。昨晩と同様に、豊満な乳房や薄生えが透けて見えるほどの薄さだったが、上品さは損なわれていない。袖はなく、ゆったりとした造りではあるものの、アルシオーネのみずみずしい肌に吸い付くように張り付き、胸のふくらみや腰のくびれを強調していた。

（ランベール様は、昨晩と同じようにご自身のお部屋の扉からいらっしゃるのかしら）

緊張感と期待感とで、つい扉ばかりを見てしまう。

会いたい。だが、顔を見れば動揺してしまいそうで怖い。侍女たちはこの気持ちが恋だと教えてくれたが、こんなに自分の心が定まらないことは前世でも今世でも経験がなかった。それだけに、戸惑ってしまう。

〝推し〟に愛を捧げる感覚とはまた違う。彼に触れたいし、触れられたい。そんな欲望を抱いている。ランベールの目に自分が映っていることがこんなに嬉しいなんて、予想すらしていなかった。

（だって、恋なんて……本の中でしか知らなかった感情だもの）

これまでコデルリエの屋敷で引きこもり、本ばかり読んでいたアルシオーネにとって、ランベールが初恋の人になる。そう考えると、恋をした人の妻となり、世継ぎを産む大役を任せられたのは、やはり幸運だと思う。

ベントラント帝国の三公に名を連ねるコデルリエ家に生まれた以上、本で読んだ情熱的な恋愛など望むべくもなく、政略で婚姻を結ぶことは当たり前だった。

けれど、アルシオーネは彼に恋をした。この気持ちを大切に育てたい。そして願わくば、ランベールと一緒に恋愛をしたい。原作のように愛のない関係ではなく、彼とともに幸福を掴《つか》むために歩んでいきたい。

（あっ！）

アルシオーネが自分の本心を見つめていたとき、皇帝の間と繋がっている扉が開いた。

無意識にそちらへ駆け寄ると、部屋に入ってきたランベールがわずか目を見開く。

「どうした？」

「い……いえ。お待ちしておりました」

気持ちが行動になって表れたことに、アルシオーネは動揺した。けれど、卓子に置いていたラベンダーを見て慌てて礼を告げる。

「ランベール様、さっそくラベンダーを届けてくださってありがとうございます。明日にでも、お部屋に飾れるように加工してお渡しいたします」

「ああ、楽しみにしている」

今日もランベールは、昨夜と同じように白の襯衣の釦を外した楽な格好をしている。だが、彼の存在感は損なわれず、立っているだけで絵になる。真の美形は、どういう姿でも輝いて見えるのだろう。妙に納得しつつ、アルシオーネは落ち着きなく卓子に目を遣《や》る。

「お酒を飲まれますか？　それとも少し休まれますか？　朝早くからご公務でお疲れですよね。それなのに、庭園に連れて行っていただいて感謝しております」

緊張からか、アルシオーネは早口になっていた。淑女として振る舞いたいのだが、彼を前にすると落ち着かない。恋を自覚したから、なおさらかもしれない。

(冷静にならないと、呆《あき》れられてしまうかも)

心の中で反省したとき、不意に腕を引かれた。その勢いでランベールの胸に倒れ込むと、そっと抱きしめられる。

服の上からでもわかる筋肉質な身体に触れてドキドキする。全身で彼を意識してめまいがしそうになったとき、無骨な指先に顎を掬い取られた。

「酒はいらないし、疲れてもいない。だから、落ち着け」

「も……申し訳ございません」

「謝らなくていい。緊張しているのだろう？」

アルシオーネの挙動が不審な理由も、彼は理解していた。

皇帝という立場にいるからか、それとも年齢的なものなのか、彼はとても冷静だ。自分だけが意識しているような気がして羞恥を覚えるが、そもそもこれからするだろう行為を考えれば緊張しないほうがおかしい。

「……おっしゃるように、緊張しています」

取り繕うのは無駄な気がして、素直に自分の状態を吐露する。こうして彼が目の前にいるだけでも胸は高鳴り、視線を感じると頬が熱くなってくる。

「それに、庭園から戻ってずっとランベール様のことを考えて過ごしていたので、いざお会いしたら照れてしまったのです」

「それは光栄だ。何を考えていた？」

「……早く、お会いしたいと……」

前世も今世も関係なく、今、現在どう思っているかと問われれば、このひと言に尽きた。すると、アルシオーネの腰を抱く彼の手にわずかに力がこもる。

「もう少し、会話を楽しもうと思ったが……そんな余裕がなくなりそうだ」

ランベールの声に艶が混じる。彼はまるで獲物を食すような獰猛《どうもう》なまなざしをアルシオーネに向けると、ふっと口角を上げた。

「その夜着は目の毒だな。どうしても、視線が吸い寄せられる」

「では、すぐに何か羽織るものを」

「いい。どうせすぐに脱がせることになる」

強引に腕を引かれたかと思うと、あっという間に寝台へ押し倒された。驚いて彼を見上げれば、自身の襯衣の釦を外しながらのし掛かってくる。

「昨夜から、ずっと触れたいと思っていた。無理は強いられないと己を律していたが……我慢できそうにない」

「あ……っ」

彼は熱い吐息混じりに囁き、アルシオーネの豊かな乳房に手を這《は》わせた。薄布越しに形が変わるほど強く揉《も》まれ、初めての感覚に腰が跳ねる。生々しい彼の手のひらの感触が、肌を火照らせていく。

(ランベール様に見られると恥ずかしいのに、同じくらい嬉しい)

自分を見下ろしている彼は、端正な顔に欲を滲ませていた。皇帝としてではなく、ひとりの男としてアルシオーネに欲望を抱いているのだと、その表情から感じられる。

「ん、ぁっ……ランベール、様……ぁっ」

「可愛い声だ。もっと聞かせろ」

「う、んんっ」

布ごと乳首を擦られて、甘い声が漏れる。ごつごつとした彼の指で胸の先をいじられると、甘い疼《うず》きが少しずつ強くなってくる。どんどん膨らんでいくその感覚が快感なのだと自覚すると、よけいに感じ入ってしまう。

彼は、乳房を捏《こ》ね回しながら、布ごと乳首を唇に咥《くわ》えた。軽く歯を立てられて、アルシオーネはびくびくと総身を震わせる。

（ランベール様に触れられて、こんなにはしたなくなってしまうなんて）

閨での振る舞いについては、事前に教育を受けているものの、今まで教わったことがまったく役に立たなかった。彼に施される愛撫《あいぶ》に翻弄され、教えを実践できる隙がない。

呼気を乱して彼を見つめると、唇を外したランベールが真剣な顔をした。

「もしも身体がつらかったら遠慮せずに言うんだ。いいな？」

「は……い」

先ほど余裕がなくなりそうだと言っていたのに、それでも気遣いを忘れないランベールの在りようを愛《いと》しく思う。

アルシオーネが微笑むと、彼は足を大きく開かせた。

薄布が捲《めく》れ、秘すべき花園が彼の眼前に晒される。じっくり観察するように視線を据えられる居たたまれなくなり、まなじりに涙が浮かぶ。

「お願いです……そんな場所、見ないでください」

「それはできない相談だ。そなたは、どこもかしこも美しいのだな」

「あ……や、ぁっ」

固く閉ざされた割れ目を指で押し開かれ、全身が羞恥に染まる。肌がぶわりと熱くなり、血液が煮えるような錯覚を覚えた。

見られるのが恥ずかしい。けれど、アルシオーネは懸命に堪える。自分がなんのために皇宮へ来たのかをわかっているからだ。そして、ランベールが望んでくれていることを感じて嬉しいからでもある。

「このまま足を開いておくんだ。いいな?」

言い含めながら、指で開いた陰裂に顔を近づけた彼は、そこへ舌を這わせた。瞬間、アルシオーネの腰が勢いよく撥《は》ねた。痺《しび》れるような感覚が下肢に広がり、嬌声《きょうせい》を上げる。

「ん、ぁっ……ランベールさ、ま……っ」

花弁を一枚ずつ舐め取っていった彼は、淫蜜と唾液に塗れたそこを唇に含んだ。敏感な部分を柔らかな舌先で舐《ねぶ》られると、ひどく胎内が切迫してくる。

腹の内側が滾《たぎ》る。淫悦に身体が火照り、知らずと下肢に力が入った。

(まさか、こんなことまでするなんて……)

ランベールは、アルシオーネの胎内から湧き出た愛液をいやらしく啜《すす》っていた。皇帝である彼が自分の股座《またぐら》に口づけているなんて、恐れ多くて目を背けたくなる。それなのに、淫猥《いんわい》な音を立てて愛汁を舐められると、肉筒が切なく疼く。快感を得ているのだ。

愛撫を施されたときの女性特有の現象は知識で知っていたものの、実際に自分が経験するとただただ愉悦に溺れてしまう。実体験に勝るものはないのだと、今さらながらに思い知る。

肉襞を丁寧に舐められて、秘部が熱く蕩《とろ》けていく。そうしているうちに、今度は割れ目の上部がじくりと疼く。それは徐々に下肢に広がり、何かに追い立てられた心地になる。

「は、ぁっ……」

下肢から広がる肉の悦に、アルシオーネは艶のある息を吐いた。

上等な絹の夜着は乱され、彼の唾液と自分の蜜液で濡《ぬ》れてしまっている。それどころか、美しく整えられたシーツにしわが寄るほど身じろぎしていることに気づき、申し訳なくなってしまう。

「アルシオーネ……どこが好い？　そなたの望みをすべて叶えよう」

顔を上げたランベールに問われ、散漫になった脳内で考える。

正直に伝えるのは恥ずかしい。だが、どれだけ含羞を覚えようと、彼に嘘はつきたくない。触れられて感じているのだと、彼に伝えたかった。

「ランベール様に、なら……何をされても、気持ちよく……なってしまいます……」

淫熱に浮かされながら告げれば、冷静な彼の顔が一瞬で変化する。

「っ、煽《あお》るようなことを言われたら、自制が利かなくなるぞ」

息を呑《の》んだ彼は、自身の衣服を脱ぎ去った。襯衣を床に捨て去り、下衣を寛げると、もどかしげに自身を取り出す。

ランベールの陽根は隆々と反り返り、今にも弾けそうなほど肉胴に血管が浮き出ている。初めて見た男性の象徴に、アルシオーネは恐ろしくなった。身のうちに収めるには、あまりにも長大だ。自分が受け入れられるとはとうてい思えない。

彼はギラついた眼差《まなざ》しでアルシオーネを見下ろし、潤った肉筋に自身を擦りつけてきた。ぬちゅり、ぐちゅり、と、卑猥《ひわい》な音を立てて雄棒が割れ目を往復すると、薄い花弁が捲れ上がる。

「あ、あ……」

ただ性器を触れ合わせているだけでも、彼自身の逞しさを感じて腰が引ける。拒んでいるのではなく、未知の体験に対する本能的な恐れだ。

するとランベールは、アルシオーネの恐怖を察知したのか、気遣わしげに眉をひそめた。

「……無理強いはしたくない。やめるか？」

（この方は、お役目よりもまずわたしを大事にしてくださるのね）

世継ぎを産むために皇宮入りした以上、皇帝と閨をともにするのは皇妃の務めだ。彼は、アルシオーネの身体を思うようにできる立場にある。

だが、ランベールは無体なことはせずに、意思を確認してくれる。そういう人の妃になれて幸せだと思えた。

「……わたくしは大丈夫です……ランベール様は、お優しいですね」

「アルシオーネ……だが」

「心も身体も、すべてランベール様に捧げたいのです」

毅然と決意を告げた、その刹那。

「この身は帝国のものだから、そなたにのみ与えることはできない。だが、私の心はそなたに捧げよう」

ランベールは言い放つと、アルシオーネの膝裏に太い腕を潜らせ、蜜孔へ自身を突き入れた。

「あぁっ……！」

狭隘《きょうあい》な蜜口が、彼の先端によってこじ開けられていく。

肉傘が挿入されると、ずぶりと淫音がした。骨まで軋《きし》むような重量と質量が体内を犯し、アルシオーネの身体に痛みを刻む。

「これでそなたは私のものだ」

吐息混じりに囁かれ、喜びが胸に広がった。

しかし、心が満たされる一方で、処女窟は侵入者を拒み蜜路を閉ざしていた。肉体に入り込んだ異物を排除するように、肉襞が雄肉を押しやろうとする。それでもランベールは、アルシオーネの奥を暴こうと腰を押し進めた。

「んぁっ……」

「っ、もう少し、我慢できるか？」

「は……い」

彼は苦しげに眉根を寄せるも、アルシオーネを気遣うことを忘れない。少しでも痛みを散らそうとするように、双丘の頂きを指で摘まむ。凝った先端を指の腹で転がされると、強張《こわば》っていた身体に快楽の芽が刻まれる。

「そのまま、力を抜いていろ」

かすかな笑みを浮かべて告げられると、愛しさで胸が切なくなった。

彼の思いやりに応えたい。大丈夫だと伝えたくて、なんとか笑みを浮かべようと試みると、ランベールがどこか困ったように目を伏せた。

「この私が、誰かを欲する日が来るとはな」

「え……あ、ぁあっ……！」

彼に問おうとしたものの、それは叶わなかった。肉槍が一気にアルシオーネの最奥まで到達したのだ。

絡みつく肉襞をものともせずに自身を奥深くまで埋め込んだランベールは、そこから苛烈な抽挿を始めた。

肌をたたく甲高い音が響く中、媚肉を抉《えぐ》られる。快楽と痛みに交互に襲われ、アルシオーネは首を振る。

体内を冒す摩擦熱で、全身が熱くなる。生身の雄の凶暴さに戦《おのの》くも、抗《あらが》うすべがなかった。

「あぅっ……ん、くぅっ」

ランベールに貫かれた衝撃に喘《あえ》ぎながら、必死になって痛みに耐える。胎内を行き来されるたびに引き攣《つ》れたような感覚を覚え、身体の内側から焼かれているような錯覚に陥る。まるで自分がふたつに引き裂かれていくようだ。

「……アルシオーネ、私の背に腕を回せ。痛むなら、背に爪を立てていい」

掠れた声で囁かれ、言われたとおりに腕を持ち上げる。

彼は、アルシオーネに応えて抱きしめてくれた。鍛え抜かれた彼の身体と密着すると、安心感で満たされる。

ランベールの息遣いを感じながら少し汗ばんだ肌に触れると、改めて実感する。彼と結ばれたのだ、と。

（わたし……ランベール様の妻になったのだわ）

世継ぎのために皇宮入りした身だが、こうして結ばれるのはこのうえない喜びだった。

今だけは、前世の記憶も世継ぎのことも関係ない。恋をした人と肌を重ねられた嬉しさを、全身で感じていたい。

「ラ……ランベール、さま……」

「どうした……？」

「ずっと、おそばに……置いてくださいませ……」

譫言《うわごと》のように告げ、彼の背中に腕を回す。そうすると、彼と自分の鼓動が同じような速さで拍動していることに気づく。彼もまた、アルシオーネと同じように、身体を重ねたことを喜んでいるのだ。

「約束しよう。何があろうと、この腕の中から逃さない」

宣言したランベールは、膝に潜らせていた腕を引き抜き、アルシオーネの身体をふたつに折り曲げた。

それまでの挿入角度と違う刺激が与えられ身悶《みもだ》えるも、彼は獣のように腰を振りたくる。

「あっ、んッ……そこ……だっ、めぇっ」

ランベールは抽挿を止めず、アルシオーネの花芽も同時に弄《いじ》くる。快感を生み出す花蕾を指で擦られながら媚肉を抉られると、痛みとは違う感覚が身体の奥底から湧き出してくる。

「っ、そなたの中は心地いいな」

彼の頬に汗が滴り、アルシオーネの肌に落ちる。ランベールは淫らな行為をしているとは思えないほど美しかった。かすかに目を細め自分を見下ろす表情も、荒々しい腰使いも、鍛え抜かれた筋肉も、何もかもに心を奪われる。

「アルシオーネ……だんだん中が解《ほぐ》れてきたぞ。わかるか?」

「ひゃあ、っ、ぅっ」

臍《へそ》の裏側を肉棒の溝で掘られ、腹の皮膚が波打つ。そこを突かれると、なぜか肉蕾がぴくぴ

くと反応し、掻痒《そうよう》と疼痛《とうつう》がない交ぜとなってアルシオーネを襲う。

彼自身が胎内で暴れると、肉筒に溜まった愛液がぐちゅぐちゅと音を立てる。攪拌された蜜汁の音が耳に届くと、ひどく恥ずかしくなった。

(でも……)

ランベールが一心不乱に自分を穿《うが》つ姿は、とてつもない色艶があった。強く求められていると思うと快楽が増し、アルシオーネの肉洞が熟していく。

(この方に娶っていただけて、よかった)

深い愛を抱くには、まだ互いに過ごした時間は少ない。けれど、間違いなくこれからふたりで夫婦として愛を育んでいくのだと、そう信じられる。

「ランベール様……わたくし、幸せ、です」

「っ……」

アルシオーネの言葉を聞いた瞬間、ランベールは再度体勢を変え、胸が押し潰されるくらい体重をかけてくる。そうして強く抱きしめられると、より結合が深くなった。

彼が動くと下生えが擦れ、肉粒が刺激される。淫芽から快感を拾い上げると、ランベールの形に押し拡《ひろ》げられた未熟な女窟が蠕動《ぜんどう》する。

「あうっ……い、ゃあ……こ、わいっ」

せり上がってくる得体の知れない感覚への恐怖で、アルシオーネは首を左右に振った。綺麗に梳《す》いた銀髪が寝具に散って首筋に張り付くが、それを除《よ》けたランベールが小さく囁く。

「怖くない。俺がいる」

言葉と同時に、熟れた媚壁を攻められて、腹の内側がかき乱される。何度も膣内を行き来され、これでもかというほど媚肉を摩擦されると、尿意に似た感覚が大きくなった。

思わずいきんだアルシオーネのつま先が丸まり、連動するように蜜孔がぎゅっと狭くなる。そうすると今度は深く食い込んだ肉棒の脈動を拾い上げ、自分自身を追い詰めることとなった。

（意識が、遠く、なる……）

「あ、ぁっ……ンッ、あ……――っ」

びくんと肉襞が収縮し、大きな愉悦の波に掠われる。意識の外でランベール自身を思いきり締め上げると、小さく呻《うめ》いた彼がひと際高い打擲《ちょうちゃく》音を響かせる。

「く……っ」

達した蜜窟の蠕動に耐えかねたように、がつがつと骨が軋むような抽挿を繰り返したランベールは、やがて最奥へ白濁を吐き出した。

（あ……）

彼の欲望が注がれ、自分の胎内に広がっていく。その感覚を最後に体力の限界を迎え、意識を手放した。

——翌朝。とある場所に座っていたアルシオーネは、肩を縮こまらせていた。

「あ、あの……ランベール様……お膝から、下ろしていただけないでしょうか……」

おずおずと彼に声をかけ、体勢を変えるべく訴える。というのも、現在自分がいるのは、ランベールの膝の上だからだ。しかも、皇妃の間で一緒に朝の食事を摂っている最中だから、どうにも困ってしまう。

（さすがに、申し訳ないわ……）

ランベールがこのような行動を取ったのは理由がある。昨晩の行為により、アルシオーネが寝台から起き上がることができなかったからだ。せっかく彼と結ばれた朝なのに、その余韻に浸る間もなく、恥部や筋肉に激痛が走ったのである。

ランベールは片時も離れずに抱きしめてくれていたが、目覚めたアルシオーネの状態を知ると、すぐに侍女を呼び世話をさせた。

その後、食事を部屋で摂れるよう手配し、準備を終えた侍女を下がらせたのち、アルシオーネを膝の上に乗せて食事を始めたのだった。

「そなたはひとりで動けないだろう。おとなしく膝の上にいろ」

「ですが、これではランベール様が食べにくいのでは……」

「私は自分が食べるよりも、アルシオーネに食べさせたい」

ランベールは表情を変えずに言うと、卓子の上に用意されているパンを手に取った。くるみ入りのパンで、焼きたての香ばしい匂いが鼻をくすぐる。

「さあ、食べなさい」

（まさか、ランベール様に手ずから食べさせていただくなんて……！）

恐縮したアルシオーネだが、口元までパンを持ってこられると、食べないわけにいかない。それに今朝は、いつもよりも空腹を感じている。

「それでは、失礼して……いただきます」

ランベールの手からパンを食べると、彼は満足そうに表情を和らげた。

「美味《うま》いか？」

「はい、とても。それに……ここに来てから食事をご一緒できなかったので、ランベール様と食事の時間を持てるのは嬉しいです」

皇宮の料理は、帝国内で最高の食材を用いている。もちろん、調理する料理人も超一流だ。アルシオーネの体調や好みを考慮して用意される料理は毎食手が込んでおり、さすがは皇宮料理人だとひそかに感心していた。

だが、どれだけ美味な料理でも、ひとりで食べるのは寂しいものだ。公爵家では家族で食卓を囲んでいたから、よけいにそう思う。

「そうか。気づかずに悪かった。これからは時間を割くようにしよう」

「い、いえ！　ランベール様がお忙しいのは理解していますから。でも……たまにでいいので、一緒に食事をしていただいてもよろしいでしょうか」

「わかった。私は戦場に長くいたせいで、食事に時間をかけなくてな。ジャックにもよく窘められていた」

　戦場ではゆっくり料理を楽しむ状況でもなかったし、帰城してからも食事より政務を優先する日々だった。アルシオーネと食事をしていなかったのは、一日の予定の中に食事の時間を取っていなかったからだという。

「朝と夜は食事をともにしよう」

「ありがとうございます……ランベール様」

　はにかんで答えたアルシオーネだが、彼と距離が近すぎてどこへ視線を定めていいかわからない。

　昨夜の淫らな行為も相まって照れてしまう。けれどランベールは、そんな反応すら愉《たの》しむように、パンやスープをアルシオーネの口もとへ持ってくる。

「アルシオーネを膝に乗せていても、まったく重さを感じない。そなたはもっと食べなければ体力が持たないぞ。今後もこうして手ずから食べさせてもいいかもしれないな」

「ランベール様、わたくし、赤子ではありませんわ……」

「知っている。私も赤子に欲情はしない」

「……っ」

（やっぱり、原作とは印象が違う……）

まるで恋人同士のような甘いやり取りだ。いくら彼が優しい人だとはいえ、頻繁にドキドキさせられると困る。ランベールのことしか、考えられなくなるからだ。

（お世継ぎを望まれているのだし、ランベール様と仲が深まるのはいいことだわ。でも、こんなふうに朝から甘やかされていいのかしら……）

考えなければいけないことも、やらなければならないことも山とある。けれど今は、初めて好きな人と結ばれた余韻に浸ってもいいのかもしれない。

照れながらも、ランベールの膝の上でおとなしく言うとおりにするアルシオーネだった。

第三章　思いがけない遭遇

皇宮入りしてから半月が経ったある日、アルシオーネは皇妃の間で縫い物をしていた。作っているのは、手のひらに収まる大きさの小袋である。ラベンダーを携帯するためのもので、ランベールに乞われたためだ。

初めて彼と身体を重ねて以来、ふたりの仲は格段に深まっていた。ランベールは毎晩のようにアルシオーネを求め、皇妃の間で朝を迎える。城の中では、『この分だとそうそうに世継ぎの誕生になる』と、噂になっているそうだ。

(でも、浮かれているわけにはいかないわ)

皇太后モルガール。皇帝の義母は、アルシオーネとの対面を拒んでいた。

この半月の間に皇太后宮へ使者を出し、手紙を出した回数の分だけ謁見を断られ続けている。それどころか皇太后は、体調不良を理由に皇帝の登城の命にも応じていない。

アルシオーネと会うつもりがないのは明らかだが、これは『ランベールの迎え入れた皇妃を認めない』と、宣言したことにほかならず、皇帝派の間でも問題になっていた。

ベントラント帝国では、皇宮入りした皇妃には、皇太后より贈り物が届くのが習わしになっている。しかし、その慣例も無視するつもりなのだろう。

贈り物が届かないのはまだいい。問題は、代々皇妃に受け継がれる『皇妃の冠』すら受け渡す様子がないことだ。

これは、自分の息子である第二皇子の妃以外は認めないという皇太后の意志の表れだ。

このエピソードは、原作小説でも触れられていた。周囲に味方のいないアルシオーネは皇太后から冷遇されたうえに、皇帝との関係も上手くいっていなかった。

『皇太后から認めてもらえない皇妃』という立場に耐えられず、アルシオーネの心はランベールから離れてしまったのである。

(原作のわたしは、ランベール様を怖がって向き合おうとしていなかったのよね……だから、夫婦仲がよけいに冷え切ってしまった)

恐れて避けるのではなく、ランベールと信頼関係を築かなければいけなかったのだ。もちろん現在のアルシオーネは、原作とは違う姿を知ったことで、ますます彼に幸福になってほしいと願っている。

(……皇太后陛下に認められなくても、わたし個人は構わない。けれど、それを快く思わない人もいるはずよね)

前世とは違い、周囲の目はさほど気にならない。ただ、自分のせいでランベールを煩わせるのは避けたい。

原作と違う展開になるように行動することこそ、ランベールを悲劇の死から救うことに繋がる。そのためにも、皇妃の冠は手に入れたいところだ。

「なんとかしないといけないけど、難題になりそうだわ……」

皇妃として認めてもらうこともそうだが、皇太后はランベールやアルシオーネに危害を加えようとする危険人物である。いずれ、なんらかの決着をつけねばならない。それが、彼を守ることにも繋がる。

（たしか原作では、結婚して少ししたあとに事件があったのよね）

ただ、詳しい日時まではわからない。原作でも、数行で『こんなことがあった』と書かれているだけのエピソードも多いからだ。

しかし、小説で数行程度であっても、実際に被害に遭えば苦しい思いをする。アルシオーネは、そんな状況から彼を救うためにここにいる。

とはいえ、モルガールは、皇太后宮からほぼ出てこない。皇太后宮の門前は常に兵士で固められており、アルシオーネが送った使者も門の中に入ることすらできないのが現状である。

小さく息をついて針を置いたとき、侍女三名がお茶と菓子を持って入室してくる。

「アルシオーネ様、お茶をお持ちしました」

「ありがとう。ちょうど、陛下に頼まれていた小袋が出来上がったところよ」

仕上がったばかりの小袋を手に微笑むと、ナタリーが嬉しそうにうなずいた。

「陛下もお喜びになると思います！　アルシオーネ様へのご寵愛《ちょうあい》は、城内でも評判なのですよ」

「えっ、そうなの……？」

「皇帝陛下が皇妃をお迎えになるのを皆心待ちにしておりましたが、今まで女性をおそばに置かれなかった陛下がアルシオーネ様を片時も離さないと噂になっていますわ」

意気込んで答えるのはサラである。ドロテも大きく頷き、同意している。

三人の侍女たちは、すっかり息が合っているようで、城内の様々な噂を拾ってきていた。

その中でも、ランベールとアルシオーネの噂がやはり多い。今まで妃を望まなかった皇帝が初めて迎えた皇妃だが、所詮政略結婚だという見方もあった。前皇帝と皇太后の関係がそうだったからだ。

しかしランベールは、毎晩のようにアルシオーネと同じ部屋で過ごすのみならず、食事やお茶の時間も顔を出してくれる。

仲睦《むつ》まじい皇帝と皇妃の姿は、城内だけではなく城下街にまで届いているという。

「これでお世継ぎ誕生ともなれば、我が国も安泰だと皆申しておりますわ。騎士団の皆さまも、最近の陛下は以前より表情が穏やかだと仰っていましたし」

これは、ドロテの発言だ。騎士団のジャックとは従兄弟だから、騎士団の皆とも顔見知りで、たまに差し入れに行っているようだ。

「ドロテは、騎士団の方とも仲がいいのね。わたくしも、陛下に許可をいただいたら訓練場へ差し入れに行こうかしら」

「それは騎士たちも喜ぶと思います！　ただ、陛下がお許しくださるかどうか」

「……そうね。まだ皇太后様にもお会いできていないし……あまり目立つ行動は避けたほうがいいわよね」

ジャックをはじめとして、護衛をしてくれる騎士たちには世話になっている。彼らを労《ねぎら》いたいところだが、下手に動けば皇太后やその派閥から難癖をつけられかねない。

「考えなしの発言だったわ。忘れてちょうだい」

「いいえ、そうではございません」

アルシオーネに否を唱えたのは、サラである。

「ドロテの懸念は、陛下がアルシオーネ様を男ばかりの場に連れて行かないのではないかということです。もちろんわたしもそう思っています。だって陛下がアルシオーネ様を見つめる目は、とてもお優しくていらっしゃいますもの」

皆からそう言われると照れてしまうが、ランベールの評判がよくなるのは嬉しい。原作では、『獣帝』と敵味方から畏れられ、皇帝という立場も相まって彼は孤独だった。アルシオーネも恐《おそ》れ戦《おのの》き、必要以上に接触しようとしていなかった。

（前世を思い出せてよかった。ランベールの優しさに気づくことができたもの）

彼には幸せになってもらいたい。先ほど完成した小袋は、そう想いをこめて縫っている。

「今日は、陛下とお茶をする約束をしているの。そのときに小袋をお渡ししようと思っていたから、間に合ってよかったわ」

アルシオーネは侍女に、あらかじめ乾燥させていたラベンダーを持ってくるよう伝えた。

ランベールとは、彼がこの前案内してくれた庭園でお茶を飲むことになっている。仕事を優先して構わないと伝えてあるが、この半月の間、彼が約束を違えたことは一度もない。

「陛下は、寸暇を惜しんでアルシオーネ様にお会いになりたいのですわ！」

「ラベンダー入りの小袋もきっとお喜びになりますね」

侍女たちは、口々にアルシオーネの気分を弾ませる言葉をくれる。

（喜んでくださるといいけれど）

少しでも彼の気持ちが和むようにと願い、袋を胸に抱きしめた。


ランベールとの約束の時間よりも早めに庭園に着いたアルシオーネは、ドキドキしながら彼の到着を待っていた。

小卓子の上には、色とりどりの可愛らしい焼き菓子が並んでいる。これは、城の料理人に頼んで作ってもらったランベール用の菓子である。

甘いものをほとんど摂らない彼のために、甘さを抑えて食感が良くなるように工夫をしている。アルシオーネや侍女たちも試作品を食し、意見を取り入れて完成した品だ。

こうして休憩の時間を作ること自体、ランベールにとっては珍しい。だからこそ、アルシオーネへの寵愛はそれだけ深いのだと噂されるのだ。

(少しでも、お役に立てているかしら？　わたし……)

原作で孤独だった皇帝が、自分の行動で皆から理解され、慕われればいいと願わずにはいられない。

ランベールの顔を思い浮かべ、微笑んだときである。

「お待ちください、エヴラール様……！　そちらは皇帝陛下が立ち入り禁止を命じられております……！」

穏やかな庭園内に、緊迫した騎士の声が響いた。

(エヴラールですって……？)

驚いて立ち上がったアルシオーネは、緑門をくぐり抜けてきた男性の姿に驚いた。

騎士の制止を振り切った男性は、ランベールと面差しはよく似ていた。だが、目尻がやや垂れ下がり、体つきも華奢《きやしゃ》である。男性は緩くうなじで束ねた髪を揺らしながら、アルシオーネに向かってまっすぐ歩み寄ってくる。

皇帝直属の騎士団の騎士でさえも、迂闊《うかつ》に手を出せない相手。そしてそれは、皇妃であるアルシオーネも同様だった。

庭園に現れたのは、エヴラール・ベントラント。皇帝ランベールの異母弟で、皇太后唯一の実子にして第二皇子だったのである。

（なぜ、第二皇子がここに……？）

アルシオーネは動揺しながらも、膝を折ってドレスの裾を摘まんだ。

「第二皇子殿下には初めてお目にかかります。フェルナン・コデルリエの娘、アルシオーネにございます。皇子殿下に拝謁賜りまして恐悦至極に存じます」

「エヴラールだ。きみが兄上が迎え入れた皇妃か。なるほど、たしかに美しいね」

ランベールよりも掠《かす》れた高音の声で答えた皇子は、ランベールのための席に躊躇《ためら》いもなく腰を下ろした。

アルシオーネが周囲に視線を走らせると、騎士も侍女も一気に緊張感を漂わせている。自分たちの主である皇帝の地位を脅かす人物であり、皇太后が次期皇帝にと望む男が突然現れたのだ。警戒するのも無理はない。

「お褒めいただき大変光栄ですわ。皇子殿下へのご挨拶が遅れましたことお詫び申し上げます。皇太后宮へ使者を送ってはいるのですが、皇太后陛下や皇子殿下はご多忙とのことですし、お呼びいただければ参上いたしましたのに」

謝罪の態をとってはいるが、言葉の意味するところは、『自分から面会を断っておきながらわざわざ何をしに来たんだ』である。

ちなみに、この手の含みある発言は貴族社会では当然のようにやり取りされているが、アルシオーネは好まない。だから、社交界にもあまり顔を出していなかった。

ランベールはそういう小賢《こざか》しい会話をする必要がないまっすぐな人だから、一緒にいて心地よく、アルシオーネも素直に会話をすることができる。

しかし、原作の第二皇子は、異母兄とはまったく性格が異なり、迂遠《うえん》な物言いをして本音を覆い隠す腹黒い人物だった。

(原作では、第二皇子殿下はランベール様を嫌っていたのよね……)

幼いころから皇太后に洗脳され、自らが帝国の皇帝になることを疑わなかった。むしろ、ランベールがいるせいで自分は皇帝になれないのだと、逆恨みしていた。

「アルシオーネ嬢、座ったらどうだい?」

「いえ。皇子殿下と同席するなど、ご許可があろうと恐れ多いですわ。わたくしはまだ、皇太后陛下にもお目通りが叶わない身です。もしこの件が陛下のお耳に入ろうものなら、わたくしはお叱りを受けることでしょう」

直訳すれば、『皇太后の許可なく第二皇子とふたりきりになるような真似をしたら、叱責されるのはこちらなんだ』という意味だ。

言外に迷惑だと伝えれば、エヴラールは可笑《おか》しそうに笑い声を上げた。

「あははっ！　綺麗な顔をしてきついこと言うね、きみ」

「お褒めにあずかり光栄です」

にこやかに応対しながらも、アルシオーネの心中は穏やかではなかった。エヴラールの目的がわからないからだ。

そもそもこの庭園は、偶然通りかかれるような場所にない。皇城の庭園内でも奥まった場所にあり、緑門と木々に囲まれた箱庭のようなところだ。

（あえて来ようと思わなければ辿り着けない場所に来た。それも、騎士たちの制止を振り切って……ということは、わたしに何か用事があるってこと？　それともランベール様に？）

伺うようにエヴラールを見ると、彼は底知れない笑みを浮かべた。

「わざわざ僕がここに足を運んだ理由を気にしてるみたいだね。強いて言うなら、きみに会いに来たんだよ。皇太后宮で会うのは、母上が許してくれないからね」

「……わたくしに、何用でございましょうか」

「単刀直入に言えば、きみが正式に皇妃になれるよう協力したいと思ってるんだ。兄上にも、悪い話ではないと思うよ」

（え……どういうこと？）

予想外のエヴラールの言動に、アルシオーネは困惑した。

アルシオーネがエヴラールと対峙する二十分ほど前。執務室にいたランベールは、とある報告を宰相フェルナンから聞いていた。

「フリア王国の王族だと？」

「はい。先帝に滅ぼされた彼の国の王族を祭り上げた大国パニシャが、フリア王国を復興させようとする動きがあるそうです。我が国との戦も辞さない構えだと」

「まったく、次から次へと……」

ランベールは秀麗な顔に憂いを刻み、重苦しいため息をついた。

フリア王国は、ベントラント帝国と大国パニシャの間に挟まれる形にある国だったが、先帝が戦によって手に入れている。彼の国は断崖絶壁の岩山に囲まれていることから、天然の要塞を作り上げていた。

その要塞を落としたのは、先帝の功績であり負の遺産でもある。

というのも、フリア王国と大国パニシャは王家の婚姻によって強固な関係にあった。だが、ランベールの父は王国の王族を鏖《みなごろし》にしている。のちに聞いた話によれば、フリア王国の王城は、兵士や王族たちの血の海に染まっていたという。

＊

パニシャの侵攻を防ぐという点で、彼の要塞は申し分ない。しかしフリア王国を落としたことで、パニシャとの溝をこれ以上ないほど深くしてしまったのも事実だ。

「フリア王国の王族というのが本当であれば、戦の際に里帰りしていたパニシャの姫が産んだ子だろうな。だが、なぜ今さら出てきたのか疑問も残る」

「いずれにせよ、調べてみる必要がありますね」

「引き続き注視してくれ。様子見のために、使者を送ってもいいかもしれん」

「使者、ですか？」

「建国祭が近いだろう。パニシャの国王か王子を招待することにすれば、あちらに使者を送る大義名分になる。この機会に、先帝の残した負の遺産を片付けてもいい。むろん要塞をくれてやることはできないが、開戦を回避する道もあるはずだ」

戦となれば、また長く城を開けることになる。その間の執政は宰相が執り行うから問題はない。しかし今は、アルシオーネが皇宮にいる。ランベールが城を開けている間に、皇太后が彼女を害する可能性は高い。

加えて、戦は国が疲弊する。先の戦が終わってまだ数年だ。無用な争いをするよりも、今は国内の政情に目を向ける時期である。

「パニシャには私が交渉いたします。現国王はさておき、第一王子は聡明《そうめい》な方だと聞き及んでいます。次代のパニシャ王と親交を深めるのも悪くない選択です」

宰相として意見を述べたフェルナンに頷いて見せる。

「帝国と大国が正面からぶつかることは避けるべきだ。第一王子が同じ考えであれば、和睦の道も開けるだろう」

パニシャの動向を探りつつ、第一王子との接触を試みることで話が纏まると、フェルナンは話を転換した。

「……陛下。アルシオーネは、お役目をまっとうできているでしょうか。妃教育は受けていたとはいえ、社交には不慣れです。皇太后陛下は〝冠《かんむり》〟もお渡しくださらないと聞いておりますが……」

父親として、娘が心配でしかたないのだろう。理解したランベールは、執務机に手をついてフェルナンを見据えた。

「冠の件は、申し訳なく思っている。皇太后を御しきれない私の責任だ。しかしアルシオーネは、そのような状況でも私に尽くしてくれている。妃は、彼女以外にはありえない」

皇帝としてではなく、ひとりの男として偽りない心を告げる。フェルナンは安心したのか、「ありがとうございます」と嬉しそうに笑っている。

実際ランベールは、彼女の顔を脳裏に浮かべるだけで気持ちが安らぐ。こんなことは今までになく、だからこそ彼女以外に妃はありえないと断言できる。

（『守る』と言われたときから、特別に思っていたのだろうな）

アルシオーネが目の前にいると、どうしてか表情や口調が穏やかになるし、彼女が笑顔でいると喜びを共有したいと思う。

無意識に抱きしめてキスをして、気づけば身体を貪っている。女性に対し理性を失ったことなどないはずなのに、毎日のようにアルシオーネを抱かないと落ち着かなかった。

（本当にどうかしている）

彼女はあくまでも義務で皇宮入りした。それに、類《たぐ》い稀《まれ》なる皇家への忠誠心もある。

アルシオーネがランベールへ抱く感情は恋情ではなく、宰相の娘としての責任感からくる敬愛でしかない。しかも、毒殺未遂事件があったにもかかわらず、世継ぎを産むためだけに皇宮入りさせられている。

（そのような状況で、愛まで請おうとは傲慢だ。……そんなことは、わかっていたはずなんだがな）

アルシオーネが妃でいてくれるのなら、敬愛でも忠心でもいい。今は形だけの夫婦であっても、いずれ心を奪えばいいのだ。あの美しく心根の優しい妃は、『獣帝』と呼ばれる男にも情を抱いてくれるから。

傲慢な自身に内心で苦笑しながらも、すぐさま意識を切り替えると、機会を見てフェルナンに告げようとしていたことを口にする。

「近いうちに、そなたとアルシオーネが会えるよう取り計らおう」

「……よろしいのですか？」

「ああ。アルシオーネも家族が恋しいころだろうからな」

自分で言っておきながら、そのように相手を慮ることにランベールは驚く。

彼女が喜ぶだろうことは、叶えてやりたかった。

皇宮に縛り付けている償いとも、娘を心配する父親に対する配慮とも、いくらでも理屈はつけられるが、単純にアルシオーネの笑顔が見たいだけかもしれない。

「ありがとうございます、陛下。では、例の件は極秘で進めてまいります」

フェルナンは破顔し、礼を述べて執務室を辞した。他人には隙を見せない男が、娘に関してだけは感情豊かなのも面白い。そして自分も、彼女に対し徐々にそうなりつつある。

（そろそろ、アルシオーネとの約束の時間だな）

今日は彼女のために造った庭園で、ふたりきりの茶会をすることになっている。

張り切っていたアルシオーネの姿を思い出しながら、立ち上がったときである。

「陛下、アルシオーネ様がいらっしゃいました」

扉の外に立っていた騎士から、アルシオーネの来訪を告げられた。驚いて入出許可を出すと、部屋に入ってきた彼女は、どこか焦《あせ》ったような切実な雰囲気を醸し出している。

（何かあったのか？）

ランベールは目線で部屋に控えていた侍従と騎士を下がらせた。そしてアルシオーネに視線を向け、「どうした」と優しく問いかける。

「突然おしかけて申し訳ございません」

「それは構わない。それほど急いで来たのだから、何か問題があったのだろう。違うか？」

恐縮している彼女をソファに座らせ、となりに腰を下ろす。すると、アルシオーネは携えていた封書を差し出した。

「庭園でランベール様をお待ちしていたとき、突然皇子殿下がお越しになりました」

「エヴラールが？」

意外な名を聞いたランベールが瞠目する。

皇太后唯一の実子にして、皇位継承権を持つ第二皇子。異母弟の存在が、皇太后を狂気に駆り立て、ランベールとその周囲を脅かしている。

（あいつは今まで……自分の意志で何もしてこなかったはずだ）

エヴラールが自身の意志を表明したことはこれまでにない。皇太后が自分を皇帝にしようとしていても、我関せずといった風だった。ランベールと表立って対立したことはないため捨て置いていたが、掴《つか》み所がない男だ。

（それが、なぜアルシオーネに会いに来た？）

「あいつは何を言っていた」

意図せず声が低くなるのを感じながら問うと、アルシオーネは困惑したように口を開く。

「それが……わたくしが皇后になる協力をする、と申し出がございました。真意をお尋ねしたところ詳しい話はしていただけず、ただ『自分の願いを聞いてくれれば、皇太后の持つ冠を手に入れる』と……それで、そちらの封書をランベール様にお渡しするよう命じられたのです」

「冠か……」

公に皇妃として認められるには、代々皇家に受け継がれてきた冠を皇太后より移譲されなければならない。建国から続いてきた慣習だ。

「だが、どうしても必要なわけじゃない。私の妃はアルシオーネしかいない。冠などなくとも、私が認めていればそれでいい」

「ですが、それでは皇太后派から反発が出るでしょう。わたくしは、国内の政敵にランベール様が煩わされることがないようにするのも、妃の務めだと思っています」

凛《りん》とした表情だった。

美しく可憐《かれん》な彼女のどこに、これだけの情熱が眠っていたのか。半ば感嘆しながら、ランベールは差し出された封書に手を伸ばす。

エヴラールの印であるユリの花二輪が封蠟《ふうろう》にあった。皇太后は、ユリの蕾、ランベールはユリ一輪と獅子がその印だ。皇家しか使用できない紋様は、紛れもなく第二皇子からの手紙であることを示している。

封を開くと、便箋一枚ほどの分量の文字が綴られている。挨拶もそこそこに書かれていたのは、予想外の内容——エヴラールの恋愛事情であった。

いわく、自分の専属侍女と恋仲になり手をつけたが、それが皇太后の知るところになり、別れさせられようとしているという。

当然反抗はしたが、話を聞き入れるような皇太后ではなく、このままでは侍女の命すら奪いかねない。加えて、今までのらりくらりと躱《かわ》していた縁談を、今回の件で無理やり進められそうになった。

侍女と添い遂げるために力を貸してくれないか。要約するとそういう話だった。

(まさか、あいつがそのような状況だったとはな)

ランベールは意外に思いつつ、アルシオーネに封書を読むよう促す。彼女は遠慮していたが、「そなたに隠すことではない」と渡し、この件について思案する。

異母弟エヴラールとは、会話をした記憶がほとんどない。皇太后が、徹底的に兄弟の交流を邪魔していたからだ。

今回のエヴラールの頼み事など、叶えてやるのはたやすいことだ。皇太后の持つ冠など交換条件に出さずとも、相談してくれれば力になっただろう。

(だが、あいつとはそんな信頼関係などないからな)

関わってこなかった異母兄に頼らざるを得ないほど、エヴラールも追い詰められているのだ。逆に言えば、それだけ恋人に本気だと言える。

「……拝読させていただきました」

丁寧に便箋を封筒へ戻したアルシオーネは、どこか感激したように胸の上に手を当てた。

「皇子殿下は、とても情熱的でいらっしゃるのですね。庭園にいらっしゃっていきなり冠のことを言われたときは驚きましたが、その後は気さくに接してくださいました」

笑顔を浮かべる彼女を見て、ランベールの胸が正体不明の病に冒されたように痛む。

「ほかには、何か話したのか?」

「ランベール様とは、交流が今までなかったのにいきなり頼み事をしても疑われそうだ、と心配しておられました。わたくしは、陛下はお優しいので無理難題でなければ善処してくださるとお伝えしましたが……」

「……そうか」

(エヴラールは、さぞ驚いたことだろう)

ランベールを表す言葉で、『優しい』はもっとも遠い。ひとたび戦場に向かえば、『獣帝』と恐れられ、敵から怨嗟《えんさ》を一身に受けてきた。

この手でどれだけの人間の命を奪い去ったかしれない。敵を葬ったところで、心が痛むことはなかった。

そんな男を優しいと彼女は言う。それがランベールには不思議で、面映《おもは》ゆい。

「ランベール様は、皇子殿下のこのお話をお受けするのですか?」

「……ああ、そうだな」

現時点で、エヴラールの頼みを断る大きな理由はない。皇太后と仕組んだ罠《わな》ではないかと考えられなくもないが、それならわざわざ自分の醜聞になりかねない嘘などつかずに、もっと上手い理由を考えただろう。

意思の見えなかった厄介な相手が自ら動いたのだ。この機会に接触し、こちら側に取り込むことができれば、皇太后は孤立する。皇帝の椅子に座す人間を皇太后から奪ってしまえば、できることなど何もなくなる。

「やっぱり、ランベール様は優しい方ですね」

ランベールの胸のうちを知らないアルシオーネは、美しい笑みを浮かべて立ち上がった。

「では、さっそく皇子殿下にお知らせいたします」

「どうやって知らせるんだ？　皇太后宮の書簡の管理は厳重だ。そなたからの手紙は、エヴラールに届く前に皇太后に検《あらた》められるだろう」

「それは、前もってご相談しておきました」

アルシオーネは白いハンカチを取り出し、窓際へ歩を進めた。

「ランベール様が承諾してくださったら、外からわかるように執務室の窓に印をつけておいてくれとおっしゃられたのです。ですから、ハンカチを提げておきますとお伝えしました。明日まで構わないということですが、よろしいでしょうか」

「ああ」

許可をすると、アルシオーネはホッとしたように窓を開き、外にハンカチが見えるように挟み、ふたたび窓を閉めた。

「皇子殿下の恋が上手くいくといいですね」

そう言って笑った彼女を見て、どくりと心臓の音が鳴った。

この美しい妃は、聡明でありながら世俗に染まっておらず、我欲がない。だからこそ、彼女から相談を受けたのなら、なんとしても力になってやりたくなる。現に今も、望むものはすべて与え、誰の目にも触れぬ場所へ閉じ込めておきたい衝動に襲われている。

「優しいと言うなら、私よりそなただ」

立ち上がったランベールはアルシオーネに歩み寄り、背中から抱きしめた。

嬉しそうに窓の外を眺める彼女の目を、意識を、自分だけに向けたい。

仄暗《ほのぐら》い欲望が胸の内側に広がるこの感覚を、ランベールは知っている。——独占欲だ。

「エヴラールと接触の機会を得たのは、アルシオーネのおかげだ」

異母弟がアルシオーネを介したのは正しい選択だ。今回の件を思いついたのも、ランベールが妃を寵愛していると噂を聞いたからに違いない。

長らく膠着《こうちゃく》していた兄弟の関係が動こうとしていることは、素直に喜ばしい。だが、その一方で、知らぬ間に彼女が自分以外の誰かに笑顔を見せるのが嫌だと感じる。

（まさか、この俺がそのような感情を持つとはな）

彼女が無防備に笑うたびにランベールが欲情しているなど、アルシオーネは想像もしていないだろう。

「そなたの強さは、いったい何が原動力になっているのだろうな」

「それは……ランベール様をお慕いしているからです」

照れたのか、アルシオーネは肩を竦《すく》めて俯《うつむ》いた。赤く染まっている耳を見て、微笑ましい気分にさせられる。それと同時に、抑え込んでいた浅ましい欲が増していき、下肢に熱が集まってくる。

彼女の素直な言葉は心地よく、ランベールの欲望を昂《たか》ぶらせた。

（今は、皇帝として慕われるだけでもいい）

アルシオーネの襟ぐりに手をかけたランベールは、襟ごとシュミーズを引き下ろした。弾み出たたわわな双丘を両手で鷲《わし》づかみ、指を食い込ませる。弾力のあるそこをねっとりとした指使いで揉んでいると、か細い抵抗の声が聞こえた。

「あっ……いけません……」

「そなたの役目は、世継ぎを産むことだ。何もいけないことはない」

「で、ですが、ここでは……いつも執務をされている場所で……んっ」

執務室で行為に及ぶことを気にしているのか、アルシオーネはランベールを諫《いさ》めようとする。

しかし、今はもともと彼女と庭園で茶を飲んでいる時間だ。急ぎの案件もないうえに、ふたりきりで密室にいるのだ。多少羽目を外そうとも問題はない。

「そういえばつい先刻までは、そなたの父がこの場にいたな。私が執務室にいるときは、騎士や侍従も入れ替わり立ち替わりやってくるから、そのうち扉が叩かれるかもしれん」

わざと羞恥を煽ってやると、アルシオーネが息を詰める。反応に満足したランベールは、胸の先端を押し出すようにして乳房を揉《も》み込《こ》んだ。

「んんっ……！」

肌理《きめ》が細かで染みひとつすらない白磁の肌が、少しずつ熱くなっていく。彼女の心臓が激しく動いているのが手のひらから伝わってくる。男を知らなかった身体はすっかりランベールによって拓《ひら》かれ、少し指で刺激するだけで乳頭が勃起して凝っていた。

「ランベールさま……ぁっ……」

首だけを振り向かせたアルシオーネが、潤んだ眼でランベールを見つめる。薄く開いた唇は艶があり、すぐさま塞いで貪りたくなる。

美しさとあどけなさを内包している彼女は、これからどれだけの男を惑わせるのか。考えるだけでも恐ろしい。

（この腕から逃したくない）

片手で胸を玩《もてあそ》び、スカートの裾を捲《めく》り上げた。あらわになったドロワーズの紐《ひも》を解くと、アルシオーネが身震いする。布が脚を滑り落ちたことで、恥部が空気に触れた感触に反応したのだ。そんな初々しさにすら煽られる。

躊躇なく彼女の足の間に手を差し入れると、指先に湿り気を感じる。濡れているのだ。アルシオーネを感じさせるのは自分だけだと思うとなおさら高揚した。

「こんな場所でも濡らしているな。いや、こんな場所だからか？」

「や、ぁっ……」

羞恥を煽ってやると、アルシオーネは耐えかねたように硝子《がらす》窓にしがみついた。前屈《まえかが》みになり乳房が無防備になったのをいいことに、淫らに勃起している乳頭を捻《ひね》り上げた。

「ん、んっ……あ、ぁっ」

「そなたはすっかり私好みの反応をするようになったな」

「あぁっ、い、ゃあ……っ」

秘裂で指を往復させると、淫口から滴り落ちた蜜で指先が濡れる。与えられる快楽を堪えるかのように、アルシオーネは首を振った。美しい銀の髪が左右に散り、窓から射《さ》し込む陽光に照らされる。

神々しい美を保ちながら、彼女の身体は淫らに熟れていく。もっと感じさせたくて花弁の奥の花蕾を弾いてやれば、アルシオーネの艶声《つやごえ》が大きくなった。

「っ、そこ、は……ぁあっ！」

「扉の外にいる騎士に、何をしているか気づかれるかもしれないぞ。いいのか?」

そう言いながらも、乱れたアルシオーネの姿を誰にも見せるつもりはない。先ほど人払いした時点で、よほどのことがない限り何人も部屋に入ってこないだろう。

彼女を優しく扱いたいのに、あえて意地の悪い台詞《せりふ》を吐くのは、普段見られない顔を見せて欲しいからだ。ランベールの言葉に素直に反応する姿は可愛らしく、無意識に腰を揺らす様はひどく淫らだ。

初心な彼女に性を教える悦《よろこ》びを感じつつ、ランベールは恥部をいじくっていた手を外した。己の前を寛げ、淫猥に膨張している自身を取り出し、指の代わりに先端でぬかるみを擦り立てる。

「あ、っ、くぅ……」

「ああ、よく滑るな。アルシオーネ、この音が聞こえるか?」

「は……い」

「そなたが感じているのがよくわかる淫らな音だ」

膨張した肉茎と愛液を塗《まぶ》し、割れ目の上部にある肉蕾を刺激する。挿入しているわけではないのに、粘膜を往復させるだけで腰が蕩けそうだった。

アルシオーネの呼気が荒くなり、彼女の吐息で硝子が曇る。このまま一度達かせてやろうとも思ったが、ランベール自身も限界だった。

固く張り詰めたそれをぬかるみにあてがうと、彼女の耳朶《じだ》でそっと囁く。

「挿《い》れるぞ」

知らずと口角を上げて宣言すると、一気に腰を突き込んだ。

「あ、ぁああ……ッ！」

「っ……」

彼女の蜜襞はやわらかに熟れ、ランベール自身にきゅうきゅうと吸い付いてくる。雄茎と媚肉が隙間なく密着し、恐ろしいくらいの心地よさを味わった。

めちゃくちゃに腰を突き込みたい衝動を抑え、彼女に声をかける。

「後ろから抱かれるのは好きか？」

「ランベール、様にならっ……何を、されても……気持ち、いいです……」

アルシオーネの発言に、言わせたはずのランベールが追い詰められることになった。すんでのところで保っていた理性が切れ、思い切り腰をたたきつける。押し出された淫液が音を鳴らし、彼女の太ももに流れ落ちる。

「んっ、ぁああ……！」

彼女の背に伸《の》し掛《か》かり、双丘を鷲づかみにして中を穿つ。太棹《ふとざお》で抉りながら乳首を扱《しご》けば、蜜窟の中がぎゅうぎゅうに締まった。互いの境目は白く泡立つほど結合は深く、ふたりの愉悦を高めていく。

今ここにいるのは、欲望に忠実な雄だった。初めて得た無償の愛を、てらいのない笑顔を、失いたくない。切なる願いをぶつけるように、アルシオーネを攻め立てる。

(何があろうと俺が護《まも》る。――だから、許せ)

危険な皇宮に留め置くこと。そして、行く手が血溜《だ》まりになるような男が、愛しく思うこと。それらすべてを心の中で詫びながらも、彼女を穿ち続ける。

「ふ、ぁあっ、ンンッ……あぁぅっ」

最奥を抉ってやると、アルシオーネが逃れようとするかのように腰を左右に振った。しかしそれは、ランベール自身をさらに最奥へと導く行為だ。彼女の胎内は貪欲で、淫蕩《いんとう》に雄肉を引き絞る。

「っ、は、ぁっ……あ、ぁああ……ッ」

彼女の艶声を聞き、さらに腰の動きを速めた。

粘膜の摩擦が齎《もたら》す悦と、アルシオーネに対し芽生えた男の独占欲が、ランベールの愉悦を深くする。膨張しきった肉槍で媚肉を擦り、乳房をもみくちゃにして乳首を捻れば、肉茎を呑《の》み込んでいた隘路《あいろ》が窄《すぼ》まり、彼女の限界を伝えてくる。

「達《い》け、アルシオーネ」

胸をまさぐっていた手を下ろしたランベールは、彼女の細腰を掴んだ。肉傘で臍の裏側を掘ってやると、蜜窟が蠕動する。

「やぁっ、ぁ、あああ……っ」

瞬間、アルシオーネは顎を撥ね上げ、背をしならせた。快楽の頂点を迎えたのだ。肉筒はこれでもかというほどランベール自身を絞り上げ、吐精を促す。

「っ……」

びくびくと打ち震える肉壁の動きは、とてつもない快楽だった。ランベールは抽挿を速め、幾度となく腰を打擲する。

静かな室内に乾いた音を何度も響かせていくうちに、雄茎の熱が高まった。膨張しきった自身で媚壁を擦り立てていき、強まった絶頂感に抗わず彼女の最奥へ白濁を注ぎ込む。

「く……ッ」

低く呻き、大量の精を子宮に吐き出すと、アルシオーネの総身がびくびくと痙攣《けいれん》する。

乱れた呼吸が戻らぬまま、彼女の中から自身を引き抜いたランベールは、その場に崩れ落ちかけたアルシオーネを抱き支えた。

「……無理をさせたな」

「いえ……ランベール様が情熱的で驚きましたけれど……お役目を果たせて嬉しいです」

アルシオーネは恥ずかしそうにそう言うと、ランベールの腕に自分の手を添える。

(役目、か……今はまだ、それでいい。だが、いつかは……)

いずれ彼女の心を手に入れようと誓うと、ランベールはしばらくの間、アルシオーネとの密事の余韻に浸った。

エヴラールから接触があったのは、それから三日後のことだった。

会って相談したい旨がしたためられた封書が届いたため、ランベールは図書室にひとりで来るように指定した。

人目を避けるには、皇家の人間以外の立ち入りを禁じられた場所はちょうどいい。

城内は警備がしやすく、仮に皇太后が入城すればすぐに連絡が入ることになっている。もしもエヴラールがランベールを害そうとしたとしても、側近の騎士がすぐさま対応する。もっとも、『獣帝』とまで呼ばれる男が、戦場に一度も行っていない男に負けるはずはないのだが。

「……兄上、来てくれてありがとう」

先に図書室を訪れていたのはエヴラールだった。

こうしてふたりきりで会うことなど、今まで数えるほどしかなかった。顔を合わせるのも、なんらかの式典で遠目に見るのみで、言葉を交わしたのも片手で足りる程度の回数だ。

「久しぶりだな、エヴラール」

天井まで届きそうな巨大な書架に寄りかかるようにして立っていたエヴラールは、以前よりもやつれて見えた。頷いた異母弟は、弱々しい笑みを浮かべると、ゆっくりと歩み寄ってくる。

からね」

「無理してアルシオーネ嬢に会いに行ってよかった。僕もほとほと困って追い詰められていた

「侍女と添い遂げたいというのは本気なのか」

挨拶もそこそこに本題を切り出すと、それまで覇気のなかったエヴラールの瞳に力強い光が宿る。

「本気だよ。僕のことをずっと世話してくれていた人なんだ。ずっと口説いて、やっと受け入れてもらえたんだよ。彼女以外の女性は考えられない。母上の妄執に付き合うのはもうごめんなんだ」

吐き出すように言い放ったエヴラールの言葉は、本気であることが窺えた。

「ならば聞く。――おまえは、皇帝になりたいのか？」

しんと静まり返る室内に、ランベールの冷徹な声が響き渡る。

皇位争いは国が乱れる。そうなれば、列国に攻め入る隙を見せることになる。ベントラント帝国が戦禍に呑まれるようなことがあれば、一番被害に遭うのは国民だ。

この機に、エヴラールとの関係をはっきりさせておく必要がある。皇太后の傀儡《かいらい》として皇位を望むのであれば、争いの火種は消すことになるだろう。

「私は、おまえが皇位にふさわしい人間であれば、国のために皇帝の座を譲ってもいいと思っていた。しかしおまえは皇太后の庇護下から抜け出さず、自身の意志も明確にしてこなかった。

そのような者に、国を任せるわけにはいかん」

意志を示したランベールの圧は、剥《む》き身《み》の剣のような鋭さがあった。一瞬息を呑んだエヴラールは、ゆるりと首を振る。

「僕は……最初から皇位なんて興味なかったよ。けど、母上に言っても聞いてもらえなかった。あの人も可哀想なんだ。僕が生まれたせいで、夢を見ることになったんだから」

「その夢のせいで、私は何度も殺されかけた。それだけならまだいい。皇帝の子として生を享《う》けた宿命だからな。……だが、あの人はアルシオーネにも手を出している」

「え……」

「知らなかったのか？　アルシオーネは皇宮入りの前に毒殺されかけている。実行犯は公爵家の毒味役だったが、その毒味役を唆したのがあの人だ。しかも念入りなことに、失敗した毒味役の口封じまで行っている」

「っ……」

エヴラールは本当に知らなかったようで、顔から血の気が引いていた。よほど衝撃を受けたのか、声を震わせながらランベールに問う。

「アルシオーネ嬢にまで……彼女はそのことを……？」

「ああ、知っている。聡明な女性だからな」

「……それなのに、僕に協力してくれようとしたのか」

呆然と呟くエヴラールに、ランベールは頷いた。

命の危険があると知りながら、アルシオーネは皇帝の妃として務めを果たそうとしている。その強さと志、自分に向けられる敬愛を、ランベールは尊んでいる。

「彼女は私がようやく迎え入れようとした妃だ。皇太后はおそらく今もアルシオーネを狙っているだろう。世継ぎの誕生ともなれば、いよいよおまえの皇帝の座が遠のく」

「僕は……今までずっと逃げてきた。母上が兄上にひどいことをしていると察していながら、見て見ないふりをしてきたんだ」

エヴラールはその場に両膝をつき、自身の胸に手をあてた。それは、主君に跪《ひざまず》く臣下の礼でもあり、自らの罪を悔いて懺悔《ざんげ》しているようでもある。

「僕は、皇位継承権を放棄する。今まで決意できなかったけど、愛する人を得て強くならなくてはいけないと考えを改めたんだ。僕はもう母上の望むような生き方はできない」

「……そうか」

アルシオーネの毒殺未遂事件は、エヴラールに母親の危険性を実感させた。

皇太后は、自分の思いどおりにするために簡単に人を殺《あや》めようとする。つまりそれは、エヴラールの愛する人の命までも危険に晒されているということだ。

「おまえがそのつもりならば、私も手を貸そう。早急に侍女の身を隠したほうがいい。アルシオーネの侍女として皇宮で雇い入れるか、公爵家で匿《かくま》ってもらってもいいだろう」

「兄上……よいのですか？　母上に見つかれば、兄上にもアルシオーネ嬢にも迷惑がかかる。僕は、彼女と一緒に城を出てもいいと思ってるんだ」

「おまえが城を出ても食うに困るだろう。私に任せろ。ただし、皇太后と完全に決別することが条件だ。それが聞けるなら、冠は無視していい」

エヴラールと皇太后の絆《きずな》を絶てれば、ランベールに優位にことが運ぶ。皇太后を孤立させ、派閥ごと葬る算段をつけられるだろう。冠はそのあと手に入れればいい。

「僕は、母上と決別する。この場で誓うよ。もちろん皇太后宮も出るつもりだ」

「いや、表向きは今までどおりに過ごしていろ」

ランベールの言葉が予想外だったのか、エヴラールが首を傾《かし》げる。

「でも、僕が皇位継承権を放棄するって早く明らかにしたほうがいいんじゃない？」

「おまえが急に反旗を翻せば、皇太后は何をするかわからない。侍女と別れたように見せかけて、いつもと変わらない生活をするんだ。今までのように頻繁にとはいかずとも、侍女と会えるように取り計らう。その代わり、おまえは皇太后の動きを探るんだ」

「母上の？」

「あの人は今、皇太后宮から出てこないが、いずれかと書簡のやり取りをしているだろうし、派閥の人間とも秘密裏に会っているはずだ。その情報を私に流すんだ」

エヴラールがこちら側についたのなら、皇太后の動きを把握することができる。これまでの悪事の証拠が何かひとつでも見つかれば、罪に問うて投獄も可能だ。ランベールやアルシオーネ、エヴラールの恋人の命が脅かされることもなくなる。

「……わかった。母上の行動を監視するよ。何かあったら、すぐに知らせる」

「しかし、今まで交流のなかった私たちが頻繁に手紙のやり取りをしていても怪しまれる。人を介してやり取りすることになるが、信用できる騎士か使用人はいるか？」

「それなら大丈夫。僕の恋人と親しい使用人の子がいるから、何かあったらその子に手紙を届けてもらうよ」

「わかった。それなら、皇宮の騎士に届けるように言え。すぐに私に届くよう伝えておく。もし私が受け取れずとも、アルシオーネが受け取れば問題ない」

「兄上……いや、皇帝陛下。僕はあなたに忠誠を誓います。だからどうか、僕の大切な人を守ってください」

エヴラールは膝をついたまま、深々と頭を垂れた。叙勲を受ける騎士のような敬虔《けいけん》なしぐさで、皇帝に忠誠を捧げている。

「その忠誠を違えることがない限り、おまえの望みを叶える」

アルシオーネの皇宮入りがきっかけとなり、少しずつ変化が生じている。

改めて、彼女の存在が自分のみならず、周囲にとって大きくなっていることを感じるランベールだった。

第四章　陛下を幸せにしてみせます

アルシオーネが皇宮入りし、ひと月が経とうとしていた。

皇妃の間で刺繍をしつつ、アルシオーネはぼんやりと今までの出来事に思いを巡らせる。

このひと月は、人生の中でも一番というほど様々なことがあったが、もっとも変わったのはランベールとの関係だろう。

夫婦間は至って順調だった。ほぼ毎日のようにひとつの寝台で眠りに就き、互いのぬくもりを感じ合っている。ただ眠るだけに留まらず、抱き潰される日が多々あるのが少々困るくらいで、穏やかで幸福な日々を送っていた。

原作とは違う関係をランベールと築くことができたのは、転生したと気づいてから一番の収穫である。原作とは違うことをしていけば、彼が戦で亡くなる可能性を排していけるはずだ。そう信じて邁進《まいしん》している。

そんな生活の中で、変化もあった。第二皇子殿下——エヴラールが、ランベールの味方についたのだ。

エヴラールから預かった手紙をランベールに渡したのが半月前。それから少しして、ふたりの間で極秘の手紙のやり取りが始まった。

アルシオーネは、ランベールの味方が増えたことが単純に嬉しかった。そして、それが異母弟だということも。さらには、エヴラールの恋人の保護も任されたと聞き、ふたりの間に信頼が生まれたのを喜んだ。

エヴラールの恋人を皇宮で雇い入れることも考えたが、最終的にフェルナンに頼み、コデルリエ公爵家で保護することになった。皇太后の目がある皇宮よりも、より安全性を考えた結果である。

(少しずつだけど、確実にいい方向に状況は変化しているわ)

皇太后の行動原理は、自身の息子を皇帝の座に据えること。そのために、ランベールやアルシオーネの命を狙ってきた。

しかし、当のエヴラールは皇帝になるつもりがなく、今のところランベールとの仲も良好になっている。

一度だけふたりが状況確認のために会っているところに同席したことがあるが、今までほとんど交流がなかったため、会話はまだぎこちなかった。けれど、いつか自然に笑い合える日がくるとアルシオーネは思っている。

(だって、原作から変わってきているもの)

原作小説では、ランベールとエヴラールが手を組むエピソードはなかった。そもそも第二皇子は異母兄を嫌っていたし、皇位を狙っている描写もあった。

結果的に皇位争いに敗れたエヴラールは、皇太后とともに皇帝によって処刑されてしまうのだが、今の状態であれば、原作にあった展開を回避する確率は高い。

（前に第二皇子についてナタリーに探らせていたときも、野心家だという話は聞かなかったものね）

原作のエピソードは、ランベールを中心に覚えている。しかし、その他のことは記憶が曖昧なところも多い。

ランベールは『皇子殿下の運命の恋人』の主人公でないうえに、彼が主人公の番外編でもまだ描かれていないことが多い。そういう意味で、前世の記憶はあろうとも万能ではないのだ。

「アルシオーネ様、そろそろお時間ではございませんか？」

ナタリーに声をかけられたアルシオーネは頷くと、刺繍道具を卓子に置いた。

「そうね。陛下からの呼び出しに遅れちゃいけないわ」

今日は、ランベールの執務室に呼ばれている。仕事の邪魔になってはいけないと思い、なるべく出入りは控えているのだが、どうしてもと強く言われ、理由を聞かないまま承知している。

（それに、執務室に行くと……ランベール様に抱かれたときのことを思い出してしまいそうで恥ずかしいわ）

基本的にランベールは優しいけれど、閨房ではときどき意地悪だ。とはいえ、無体を働くわけでなく、アルシオーネが快感を得られるように巧みに攻めるのだ。

このひと月でもう何度も抱かれているが、無垢《むく》な身体はすっかり淫らに作り替えられてしまった。

(もう、わたしったら。何を考えているのかしら)

赤くなりそうな頬をごまかすように足早に皇妃の間を出ると、ランベール直属の騎士団の騎士、ジャックが控えていた。彼も忙しいのか、最近はこうして護衛についてくれるのが稀になっている。

「ルキーニ卿とは、七日ぶりかしら? 最近はみんな特に忙しそうね」

「ええ。陛下は人使いが荒いのです」

冗談を言って笑ったジャックだが、主の命で動いているのはすぐにわかった。

エヴラールが味方についたことで齎される情報により、ランベールが危険な目に遭う確率は格段に減る。このまま皇太后がおとなしくしてくれることを願うばかりだ。

アルシオーネにとって最悪のシナリオは、彼の命と自分の命が失われることだ。けれど、ひと月皇宮で過ごしたことで、幸せになって欲しい人が増えている。

(やっぱり、平和が一番だわ)

原作のランベールは、主人公たちが住む国と戦争し、敗れたうえに非業の最期を迎える。

だから今後アルシオーネがすべきなのは、皇太后の企みを潰し、戦の芽を摘むことだ。そのためには、なんとしても生き抜かねばならない。

決意を新たにしたとき、執務室の前に到着した。

ジャックが扉の前にいる騎士に声をかけ、アルシオーネの来訪を伝えると、すぐに入室の許可が出る。けれどランベールは今席を外しているので、執務室の中で待つようにと伝言があった。

（お忙しいのかしら……？）

また出直そうかと思ったが、騎士からは『陛下からは、すぐに戻るのでお待ちいただくように命じられております』と告げられ、遠慮することも憚られた。

ソファに座って彼を待つ間、何気なく室内を見まわす。

入ったのは二度目だが、一度目は内装を観察する余裕はなかった。しかし今見ていると、どこか懐《なつ》かしく思える。原作の挿画で、執務室が出てきたからだ。

大きな窓を背に執務机があり、壁を取り囲むようにして書架が並んでいる。背表紙を眺めていると、兵法に関する本から政治経済、農業に関するものまで、多岐にわたる本が収められていた。

（わたしが読んだことのない難しそうなものばかりだわ）

アルシオーネも妃候補となったときから、多くのことを学んできた。しかしそれは、宮中での振る舞いや礼儀作法、建国からの帝国の歴史や他国との関係性などについてが多く、専門知識と呼べる類ではない。

（建国の歴史といえば、そろそろ建国祭がある季節よね）

建国祭では、皇城で大きなパーティーが開かれるほか、国花のユリの花が町中に飾られ、たくさんの露店や見世物が街を賑《にぎ》わせるという。アルシオーネも幼いころに一度だけ行ったことがあるが、人の多さに酔って帰ってきてしまっている。

（今年はどうなるのかしら）

パーティーが開かれるのであれば、皇妃として参加することになる。しかし、皇太后に認められていない身で参加するのは躊躇われた。皇太后派の貴族も黙っていないだろう。

「……問題がたくさんあるわね」

思わず呟いたときである。扉が開き、この部屋の主が入ってきた。

戻ってきたランベールに顔をほころばせたアルシオーネだが、彼の後に続いて入ってきた人物らを見て目を丸くする。

（えっ！）

「お父様、お兄様……！」

執務室に現れたのは、父のフェルナンと兄のセドリックだった。まったく予想していなかったアルシオーネは驚いて立ち上がり、彼らのもとへ歩み寄る。

「おふたり一緒にいらっしゃるなんて、いったいどうなさったのですか？」

「おまえと会えるよう陛下が取り計らってくださったのだよ」

フェルナンはランベールに視線を向けながら、今日の訪問の意図を伝える。

「そろそろおまえが、家族が恋しくなっているころではないかと陛下がおっしゃってな」

「アルシオーネのことを心配していたから、陛下のご厚意に甘えて伺ったんだ。家族とはいえ、僕たちが皇宮へ行くわけにいかないからね」

「そうだったのですね……お気遣いに感謝いたします、陛下」

ランベールに向けて笑みを浮かべると、彼は小さく頷いた。

「慣れない場所で生活をして疲れも出るころだろう。私は席を外すから、三人でゆっくり話すといい」

「えっ……陛下の執務室をわたくしたちが使うわけにはまいりません」

「私は外せない用事があるから、遠慮をすることはない。心配せずとも、そなたたちがいる間はこの部屋に誰の立ち入りも許可はしない」

ランベールはアルシオーネの頬に触れ、ふと笑みを零した。

指先で頬の感触を確かめるように撫でるのは彼の癖だ。だが、原作には描かれていなかった。小説を読んでいるだけでは知ることのなかったぬくもりを覚え、胸の奥がきゅっと締め付けられる。

ランベールも、自分も、家族や城の使用人、名も知らない民草も、虚構の中の登場人物ではなく、生きた人間なのだと改めて実感する。

「話が終わったら、扉の外の騎士に伝えて皇宮に戻っていい。だが、ひとりでは行動しないように。必ず騎士を同行させるんだ」

「はい。承知致しました。ご配慮に感謝いたします」

ランベールの心遣いに笑顔で礼を告げたアルシオーネは、ハッとして持ってきた小袋を差し出した。機を逃してずっと渡しそびれていたものだ。

「こちらは、お約束していた小袋です。中には乾燥させたラベンダーを入れております。疲れたときに香りを楽しんでいただくと、気持ちが安らぎますわ」

「そうか。いい香りだ」

彼の表情が、わずかに穏やかになる。アルシオーネが大好きな瞬間だ。胸がときめいてドキドキと高鳴り、離れがたくなってしまう。

(わたし、おかしいわ。ランベール様は毎晩一緒にいてくださるのに)

最近、彼と離れるときに寂しく感じる。そんな甘えたことなど口には出さないが、これもこのひと月の間に齎された変化かもしれない。

「では、家族でゆっくり話すといい」

ランベールは　フェルナンとセドリックに寛ぐように言い、その場を後にした。彼が立ち去ると、父と兄のふたりは驚きの表情でアルシオーネに詰め寄った。

「アルシオーネ……陛下が微笑を浮かべていたような気がしたが、私の気のせいか？」

「いえ、父上、僕も目撃しました。まさか、陛下とアルシオーネがこれほど仲睦まじい姿を見せてくれるなんて」

父と兄は、アルシオーネが皇宮でどのように扱われているかを心配していたという。

皇帝が皇妃を寵愛していると噂されていたし、アルシオーネも近況をしたためた手紙を実家へ送っていたのだが、実際に見ないことには安心できなかったようだ。

「毒を盛られて間もなく皇宮入りしただろう？　私たちも気が気でなくてな」

フェルナンの言葉に、アルシオーネは心が温かくなる。利害なく身を案じてくれる存在が心強いのだと、生家を出て思い知った。

「心配してくださって感謝しています。ですが、ランベール様にはとてもよくしていただいているので大丈夫です。陛下や皇宮の使用人たちは、優しい方ばかりなのです。唯一の懸念は、皇太后陛下とまだお会いできていないことですが……」

「その件は、陛下から聞いている」

瞬間、それまで穏やかだったフェルナンが渋面を作った。

「皇太后は、コデルリエ家を軽んじていると見える」

「お……お父様？」

いつも穏やかな父の剣呑《けんのん》な顔つきに、思わずアルシオーネは動揺する。しかも父だけではなく、兄までも怒りを湛える目つきになっていた。

「知人の騎士の話では、体調不良だと言っているそうですよ。もういい加減、ご自分の息子を皇帝に、などという夢は捨ててほしいものです」

「まったくだ。夢は眠っているときに見るものだとおわかりでないとみえる」

ふたりとも、皇太后がアルシオーネに謁見の許可を与えないことを、本人以上に憤っていた。ここが皇帝陛下の執務室だと忘れているかのようである。

聞く人が聞けば不敬罪で投獄されてもおかしくないが、幸いランベールの計らいでこの場には三人の家族しかいない。だからこそ、父も兄も歯《は》に衣着《きぬき》せぬ物言いなのだろうが。

(もしかしてランベール様は、それを見越して三人にしてくださったのかしら)

「お父様、お兄様。陛下のご厚意ですし、ひとまず座ってお話しませんか?」

「ああ、そうだな」

アルシオーネの提案で、ようやくふたりはソファに腰を落ち着けた。

胸をなで下ろしつつ彼らの対面に座ると、まず母のエディットの様子を尋ねるも、やはり母も皇太后の行動を知っているらしく、『皇帝派の貴族が集まる社交界で皇太后の仕打ちを暴露する』と息巻いているという。

「……お母様には、ほどほどにお願いしますとお伝えくださいね」

「わかっている。だが、私たちはいつでもおまえの味方なのだよ。……陛下が、毒殺事件の真相も話してくださった」

　声を潜めたフェルナンは、眉根に深いしわを刻んだ。

「そうではないかと疑ってはいたのだが、毒味役は皇太后に唆されたのだな。その挙げ句に口封じに命を奪われるとは……」

「僕らがその話を聞いたとき、どれだけ腹が立ったかわかるかい？　大切な家族を守れなかったことも後悔したけれど、犯人がまさか皇太后だったなんて」

「お兄様……」

　アルシオーネは原作の記憶があり、皇太后が犯人だと気づいていた。しかし家族は違う。この話を聞かされたとき、どれだけ心労をかけたことか。考えると胸が痛む。

「お父様、お兄様。わたくしは、陛下をお慕いしています。ですから、あの方のおそばにいたいのです」

　父や兄、それにここにはいない母の心配をすべてわかったうえで、それでも自分の気持ちを曲げなかった。ここに来たのは、悲劇的な未来を回避するため。ランベールを幸せにするために、アルシオーネは皇宮入りした。

「彼の方は、お世継ぎを産む可能性のあるわたくしをふたたび害そうとするでしょう。ですが、陛下が守ってくださると信じています。そしてわたくしも皇妃として、あの方をお守りしたいのです」

自分が前世の記憶を思い出したのは、ランベールを守るためなのだと今は思う。

もちろん、これまでの行動は原作の大きな流れを変えるほどではないかもしれない。しかし確実にランベールとアルシオーネの仲は深まっているし、彼と第二皇子の関係も修復されつつある。

「お世継ぎを産む役目を果たすだけではなく、これからもあの方のおそばでお支えしていこうと思います」

アルシオーネが決然と言い放つと、フェルナンとセドリックは顔を見合わせたのちにため息をつき、ふたり同時に肩を落とす。

「おまえがそう言うのはわかっていた。わずかでも陛下のおそばにいることに迷いがあるのなら、家に連れ帰ろうと思っていたのだがな」

「お父様……」

「父上、アルシオーネはまったく迷いがないみたいです。まだ子どもだとばかり思っていたのに、僕の妹はどんどん成長している」

セドリックは苦笑し、フェルナンと頷き合った。そして、ふたりはそれまでとは違い、真剣なまなざしをアルシオーネに向ける。

何か重要な話をすることを察し、アルシオーネは知らずと姿勢と表情を正した。

「わたくしの様子を見る以外に、何かお話があるのですね？」

「ああ、そうだ。……我が国と、亡国フリアとの関係性は知っているな？」

父の問いに顎を引く。フリア王国は、先帝が存命のころに剣を交えた国である。ベントラント帝国とは比べるべくもない小国だったが、その背後に控えている大国パニシャの防衛線を担っていた。

ベントラント帝国からすれば、フリア王国を攻略すれば大国に攻め入ることができるうえに、独特の地形に天然の要塞を築いている彼の地を手に入れれば自国の防衛線として機能する。そこで大規模な軍隊を編成し攻め入った結果、勝利を収めたのである。

フリア王国の名は地図上から姿を消し、帝国の新たな領土となった。今では帝国軍が常駐し、さらに強固な城塞を築いている。

「じつは、フリア王国の王族の生き残りをパニシャが担ぎ出し、我が国に戦を仕掛けようとしているのだ」

「え……っ」

フェルナンが発した〝戦〟という単語に、アルシオーネの心臓が嫌な音を立てた。

（わたしが覚えている戦は、主人公たちがいる国としたものだった。大国パニシャとの戦は記憶にないわ）

原作にはない展開になってきている。気づいたアルシオーネはぞっとした。

なまじ原作を知っていたせいで、『戦は五年後に起こり、相手は主人公たちがいる国』だと思い込んでいた。

だが、夫婦間や兄弟間の関係が好転したのなら、その逆もまたしかり。事態が悪化する可能性もある。今まで必死で、そんなことすら念頭になかった。

「もしも戦になれば、陛下も出陣することになる。そうなると、アルシオーネは皇宮で孤立しかねない。陛下のいない間に皇太后が命を狙ってくるかもしれない。だからその前に、公爵家に戻る選択肢もあると思って、父上と一緒に話をしに来たんだ」

「そうだったのですね……」

大きく頷いたフェルナンは、セドリックから話を引き継ぐとアルシオーネに告げた。

「戦になれば止められないが、その前に回避の道を探るのも私たちの仕事だ。ベントラント帝国と大国パニシャ、ふたつの大きな国が争えば、双方ただでは済まないだろうからな」

父は、宰相として戦を回避する方向で動いているという。そして、大国側の使者と秘密裏に会談するために、半月ほど帝都を離れることになった。その前に、どうしてもアルシオーネに会いたいと思っていたところ、ランベールから今回の話があったそうだ。

「もしも戦になった場合、陛下は、アルシオーネの望むようにさせたいとおっしゃっていた。皇宮に残るのであれば、命に代えて守ると約束してくださった。しかし、安全のためには公爵家に一度戻るほうがいい、と……あの方は、本当におまえのことを考えてくださっているな」

「っ……」

フェルナンから明かされた話に、アルシオーネの胸が詰まる。

(陛下は、どうしてこういう大切な話をわたしにしてくださらないの……？)

国や家臣の安寧を一身に背負ってきた男は、その身にすべてを抱えてしまう。アルシオーネを公爵家に戻そうとするのも、ランベールなりの愛情の示し方なのだろう。

しかし、それは寂しいとアルシオーネは思う。

「お父様、お兄様、お気持ちは嬉しいですがわたくしの心は変わりません。たとえ戦になろうとも、わたくしは陛下とともに在りたいのです」

「おまえの気持ちはよくわかった。エディットにもそう伝えておこう」

「はい。よろしくお願いいたします」

アルシオーネは父と兄に感謝しながらも、すぐにでもランベールに会って話をしたかった。

その後、父と兄を見送ると、扉の外に控えていたジャックにランベールの居場所を聞き、すぐにその場へ向かった。彼に会って話をしたかったのだ。

彼がいるのは、アルシオーネのために造ってくれた庭園だった。『外せない用事がある』と言っていたのは、やはり方便だったようだ。

ジャックを供にして庭園の緑門まで来ると、ひとりで庭園の中に入る。

彼は色とりどりに咲く花を眺めていたが、思案するように眉を寄せていた。目の前にある綺麗な花々は、孤高の皇帝を癒やせていない。それが寂しい。

「ランベール様」

声をかけると、ゆるりとランベールが振り返った。

陽が傾き始め、木々の影が長く伸びる中でひとり佇《たたず》むランベールは、まるで絵画のように美しかった。永遠にこの瞬間を永遠に切り取りたいとすら思う。

「フェルナンたちは帰ったのか」

「はい。ランベール様のご配慮で、父たちと久しぶりに話すことができました」

笑顔を向けて答えたアルシオーネだが、ふと不安が脳裏を過る。父や兄とした会話を思い起こし、暗澹《あんたん》とした気持ちになってしまう。

「どうかしたか?」

「戦が始まる可能性があると父や兄から聞きました。そして陛下が、わたくしは公爵家に戻ったほうがいいと思っていることも」

アルシオーネの発言に、ランベールは冷静に返答する。

「戦になれば、どうしても国全体の雰囲気が悪くなるからな。城も警備がいるとはいえ、皇太后の手の者がそなたに危害を加える可能性もある。エヴラールが味方になったとしても、皇太后の脅威がある限り皇宮が完全に安全だとは言いがたい」

それならば、戦の間は一時的にでも公爵家に戻ったほうが安全だとランベールは言う。

「だが、それも戦が始まったらの話だ。今は、そなたの父親が戦を回避するために手を回してくれている」

「……どうして、残れと言ってくださらないのですか？」

アルシオーネは、自分の疑問を隠さずに彼にぶつけた。

「わたくしは、ランベール様の妃なのです。陛下がいない間に城を守るのは妃の役目のはず。それなのに、すべてをひとりで背負われて……わたくしは、それほど頼りない存在ですか？」

守ってくれる気持ちは嬉しいが、アルシオーネはランベールの犠牲の上に成り立つ安全などほしくない。自分ばかり守られていて、彼だけが傷つくことになれば耐えられない。それならば、一緒に戦いたい。

（でも、わたしは無力だわ）

ランベールやジャックのように武に長けているわけでも、フェルナンのように国政を担えるわけでもない。ただ、少しばかり先の未来を知っているだけだ。

目の奥が熱くなり、視界が滲む。

前世を思いだし、わずかばかり状況を変えられたことで安心していた自分が恥ずかしい。原作にない展開になれば、アルシオーネひとりの力ではどうしようもなくなるにもかかわらず、己を過信しすぎていた。

　自己嫌悪に陥り、ランベールの顔が見られなくなる。こんな態度をとっては彼に心配をかけるだけなのに、感情が制御できないなんて皇妃失格だ。

「……わたくし、先に戻らせていただきます」

　こぼれ落ちそうな涙を隠すように、踵《きびす》を返したときである。

　ランベールはアルシオーネの腕を掴むと、木の幹に押しつけた。驚いて見上げれば、常に冷静な男の切羽詰まった瞳とかち合う。

「悪かった。だから……泣くな」

「ラ……ランベール様は、何も悪くないのです。わたくしが、未熟なだけで」

「それなら、そなたの気持ちを蔑《ないがし》ろにした私こそが未熟だ」

　ランベールの黒瞳が揺らいだ。いつも堂々と王座にいる彼が、今は皇帝の顔を脱ぎ捨ててひとりの男になっている。

「許せ、アルシオーネ」

　謝罪の言葉とともに、唇を塞がれた。突然のキスに驚くも、自然とそれを受け入れる。

　夫婦になってからの期間で、彼の口づけや性行為に慣らされてきた。ランベールに愛戯を施されるたびに、アルシオーネは自分が生まれ変わるような感覚に陥った。

　彼への愛が募って膨れ上がり、少しでも離れるだけで寂しさを覚えてしまうくらいに、彼に溺れてしまっている。

（これが恋という感情ならなんて欲深いの）

ランベールのキスひとつで、わずかな微笑みだけで、アルシオーネの身体は淫らに花開く。まるで、彼との交わりを待ちかねているかのように。

「ふ……っっ」

口腔《こうこう》に舌が差し入れられて自分のそれを搦《から》め捕られると、ぬるぬると表面を撫でられる。熱のこもったキスに、心臓の鼓動が速くなっていく。

彼はキスを解かないまま、強引にドレスの裾をたくし上げた。スカートの中に手を忍ばせると、ドロワーズの切れ目に指を差し入れる。

まさかここで、という思いと、ランベールに触れられた悦びが胎内を錯綜《さくそう》する。恥部の火照りを感じたとき、彼はそこに指を沈ませた。

「んんんっ！」

ランベールは言葉にできない思いを伝えるかのように、性急なしぐさでアルシオーネを求めていた。

いつも余裕を失うのは彼ではなく自分だったが、今の彼はいつもよりも欲に忠実だ。世継ぎの誕生という役目を果たすよりも、ただ貪欲に自身の妻を求めている。

無骨な指で花弁を撫でられ、ぬちりと音がする。口中を舌でかき混ぜられながら下肢をいじくられると、全身をランベールに支配されているような心地にさせられる。

蜜口から淫汁が吐き出され、割れ目がじっとりと湿っていた。アルシオーネがもじもじと腰を動かすと、唇を離した彼が囁いた。

「泣かせるつもりはなかった。ただ私は……そなたを失うのが怖い」

切実な言葉だった。前世を含め、もう何度こうして彼に胸をときめかせたか数え切れないが、今のひと言は完全にアルシオーネの心臓を撃ち抜いた。

「……ランベール様は、わたくしのすべてなのです」

大切にしてくれているのはわかっている。ただ、アルシオーネは、自分だけが安全な場所で守られているのが嫌なのだ。

前世の早都子にとって〝推し〟とは、無償の愛を捧げる対象だった。ただランベールが存在しているだけで活力が溢れてきたし、小説や漫画で彼が活躍するのを応援する立場だった。

しかし今世のアルシオーネは、ランベールが生身の人間だと知っている。安全な場所で彼の無事を願うだけではなく、一緒に生きて行きたいと思う。

「陛下を、幸せにしたいのです。そのためなら……なんでもいたします」

陰部を指でいじられ、ぬちゅぬちゅと卑猥な音がする。下肢にじわじわと熱が溜まり、呼気を乱しながらも心のうちを告げると、彼がふっと口元を緩めた。

「アルシオーネの気持ちはわかった。もしも戦になったとしても、城に残って私の帰りを待っていてくれ。必ず、そなたのもとへ戻ると誓う」

「……はい」

（ようやく、気持ちが通じた気がする）

嬉しくなって微笑むと、花弁を擦っていた彼の指が蜜口に入ってきた。いきなり二本挿入されて、甘い痺れに襲われる。

「あ、ぅっ」

膣内でばらばらと指を動かされ、彼の肩にしがみつく。強制的に性感を高められたことで、膝ががくがくと震えて立っているのが難しい。

自然と潤んだ瞳でランベールを見上げれば、欲に滾《たぎ》った瞳で見下ろされた。

彼に欲望をぶつけられるのは、この世で自分ひとりだけだ。自覚すると、このうえない喜びで全身が敏感になっていく。

指の節が濡れた媚肉に引っかかり、びくんと腰を震わせる。栓をしなければ蜜液が溢《あふ》れ出すほど膣の中に溜まってくると、スカートの中から手を引いたランベールが手早く自身の前を解放した。

「アルシオーネ……今、ここで抱きたい」

あまりにもストレートな誘い文句に照れてしまい、とっさに返事が浮かばない。その間にもふたたびドレスの裾を捲り上げたランベールは、ドロワーズの切れ目から自身を蜜口へあてがった。

熱を持った肉棒の先端が触れるだけで、期待に濡れた蜜襞が微動している。張り詰めた彼自身はひどく熱く、ランベールの高揚をじかに伝えていた。

「ただ当てているだけなのに、吸い込まれそうだ」

「やっ……」

はしたない反応が恥ずかしい。いくら誰の目もないとはいえ、野外であることに変わりはなく、いつ誰かが来るかもわからない。

それなのに、彼に抱かれる悦びを教え込まれた身体は、雄を誘い込もうと淫らに蠢《うごめ》く。快楽の味を知った女の貪欲さに、アルシオーネの理性が戦いている。

「私の首に腕を巻き付けておけ」

「は……い」

彼に命じられたとおり首筋に腕を回す。互いに下衣だけを乱した体勢になると、ランベールはアルシオーネのつま先を浮かすように、ずぶりと蜜孔へ自身を入れた。

「あ、あぁっ」

彼を受け入れた衝撃で視界が揺らぎ、肉襞が蠕動する。その感覚を逃したいのに、彼と木の幹に挟まれて叶わずに、注がれる愉悦に翻弄されてしまう。

ずんずんと重い突き上げを受け、自分が串刺しになったような気分になる。骨まで軋むよう

な激しさで最奥まで肉棒を突き立てられると、自重が加わりより奥深く肉棒を咥え込むことになった

「んっ、ランベール、さまぁっ」

「あまり大声を出すと、騎士が飛んでくるぞ」

「やっ……駄目、です……」

そう答えながらも肉壁はぎゅうぎゅうに収縮し、肉茎に絡みついている。

彼に意地悪なことを言われるのは嬉しかった。いつも自身の立場を第一に考え、理性を失わない人が、唯一交接のときだけ見せる顔だから。

彼の形に拡がった膣内は、精を搾り取ろうと淫らに窄まり、彼自身はそれに抗うかのように媚壁を擦り立てる。

木に押しつけられて、宙に浮いた足から靴が脱げ落ちた。太ももまで捲れたドレスから見えるアルシオーネの白い足は、陽光に照らされてひどく艶《なま》めかしく空を掻《か》いている。

ふたりの繋《つな》ぎ目《め》からずぷずぷと漏れ聞こえる音に合わせて内部が痙攣し、目の前の景色が白く塗りつぶされていく。

「あ、ぁ……深……っん！」

膨張している肉棒が最奥を貫く。甘く重い悦楽に全身を支配される。耳朶に触れるランベールの呼気にすら感じ、捻れるように蜜路が窄まった。

「は……本当に、よく馴染《なじ》むようになったな。私専用に誂《あつら》えたようだ」

欲に濡れた声が聞こえたかと思うと、耳たぶを食《は》まれた。ぞくぞくと肌が粟立《あわだ》ち、胎内が切なく疼く。

太く長い彼のものは、アルシオーネの蜜襞を余すところなく満たしている。動くたびに肉傘に引きずられた媚壁がきゅっと狭まり、喜悦の強さにランベールに思い切りしがみつくしか道はなかった。

「ンぁッ……ランベール、さ、ま……ぁっ」

すでにここがどこであるかは脳内から失《う》せていた。彼との睦《むつ》み合いはいつもこうだ。ひたすらに快感を刻み込まれ、最後には理性をかなぐり捨てる。

ランベールの熱に胎内を炙《あぶ》られて、溶けてしまいそうだった。結合が深く、まるでふたりでひとつの身体であるかのような錯覚に陥る。

「何も心配せずに、私の腕の中で喘いでいればいい」

呟いた彼はアルシオーネに口づけ、荒々しい腰使いで蜜孔を掻《か》き回す。

無意識に彼の腰を両足で挟むと、密着度が増した状態で、揺さぶられるまま喜悦の高みへと上り詰めていく。

(今だけは何も考えずに、ランベール様の腕の中で溺れていたい)

アルシオーネはこれから来るだろう未来に不安を覚えながらも、それを振り払うように彼に抱きついた。

父と兄から、大国パニシャと戦の気配があると聞いてから十日後の朝、食事を終えたアルシオーネは、皇妃の間でぼんやりとしていた。

表向きは、平穏な日々を送っている。こんなにのんびりとしていいのかと思うほどだ。

(これも、ランベール様と皇子殿下の仲が修復されているからよね)

彼らが手を組んだことにより、以前よりも気持ちが楽に過ごせている。兄弟で皇位を争う心配がなくなったこと、それに、皇太后の情報を手に入れられるからだ。

兄弟ふたりが意思の疎通を図って協力しているのは、原作を知っている身としては嬉しかった。ランベールの悲劇のうちのひとつに、異母弟の処刑があった。皇帝を弑逆《しいぎゃく》しようとした罪を裁き、皇太后もろとも斬首した。

その後ランベールは、何かに取《と》り憑《つ》かれたように、戦へと身を投じていくのである。

少なくとも原作で描かれていた第二皇子の顛末《てんまつ》は、これで回避された。エヴラールの恋人も、公爵邸で仕えている。一度顔を合わせたが、穏やかな性格で素敵な女性だ。

彼女は状況が落ち着きしだい、皇帝派の貴族の養女になることが決まっている。身分を手に入れたうえで、第二皇子と結婚するというわけだ。

それらはすべてランベールが手配すると言っていた。エヴラールも好きな女性と結婚できることを喜んでいるようだ。

兄弟については心配ない。目下の懸念は、大国パニシャとの開戦の可能性だ。

（パニシャと戦なんて……原作にはない展開だから、どうなるか予想がつかないわ）

ランベールは諸国と何度も戦を経験し、いずれも勝利を収めている。両手で数えても足りないほどの戦功を立て、『獣帝』の名を大陸中に轟《とどろ》かせた。

そうとわかっていても、アルシオーネは不安だった。前世でも今世でも、これほど身近で〝戦〟を感じたことがないからだ。

「……ランベール様が幸せになるように、わたくしは皇宮へ来たのに」

彼はもう充分すぎるほど戦ってきた。これ以上、命を危険に晒してほしくない。にもかかわらず、何もできない自分がもどかしい。

それに、戦を回避するための交渉役を担っている父も、まだ戻ってきていないのが気にかかる。

フェルナンは表向き、休暇を取っていることになっている。戦になるかもしれないという噂を広げないためだ。期間は十日で、その間に大国の使者と極秘で会談を持つことになっている。

（お父様は、帝国の宰相で正式な使者だもの。ランベール様直属の騎士も護衛についているというし、何事もないとは思うけれど……）

会談の場は、ベントラント帝国と大国パニシャの中間にある都市で、中立地帯で行われるという。めったなことはそうそう起こらないはずだが、それでも不安は尽きない。

「失礼いたします」

しばらく思案していると、侍女のナタリーが大きな箱を持って部屋に入ってきた。

「ずいぶん大きな荷物だけれど、どうしたの？」

「陛下より、アルシオーネ様にこちらをお召しになっていただくよう申しつかりお持ちいたしました」

「朝、一緒に食事をしたときは何もおっしゃっていなかったけれど、何があるのかナタリーは聞いている？」

「いいえ、何も。のちほどルキーニ卿が迎えに来てくださるそうですよ」

「そう……」

彼から衣服の指定をされるのは初めてだ。いったいどうしたのかと不思議だったが、ひとまず箱を開けてみることにする。

「わかったわ。さっそく着替えましょうか」

アルシオーネの声で、ナタリーが箱を開けた。中から取り出された服を見て、思わず目を瞬かせる。

（この服って……）

それは、いつも着ているような華やかな装飾が施されたドレスではなく、平民が着るような服だった。襟を詰めた綿のチュニックに淡い青のスカートという、見栄えよりも動きやすさ重視のデザインである。胸元についた飾り紐だけが唯一おしゃれな部分だ。

「どういうことかしら？　ドレスではできないような肉体労働をするとか？」

「用途はわかりかねますが、アルシオーネ様は、どのような服でもお似合いだと思います」

ナタリーはにこにこと笑顔で、着替えの準備を始めた。

平民の服は簡素なため、パーティーなどのドレスとは違い着衣に時間はかからなかった。ほんの数分で用意すると、服に合わせて髪も軽く編んでもらう。編んだ髪を両肩に垂らすと、いつもよりも可愛らしい印象になった。

「ふふっ、こういう格好をするのもなんだか楽しいわね」

「よくお似合いですが、アルシオーネ様の美しさは隠しきれませんね」

ナタリーが誇らしげに胸を張ったとき、控えめに部屋の扉がたたかれた。有能な侍女はノックの音だけで誰かを察したらしく、「きっとルキーニ卿ですね」と笑顔で扉を開けた。

「アルシオーネ様、お迎えに上がりました」

部屋を訪れたのは予想どおりジャックだった。しかしアルシオーネは、彼の姿を見た途端に目を瞬かせる。

「まあ……！　ルキーニ卿も普段と違う衣装を着ていらっしゃるのね」

通常、彼は騎士服を着ているが、今は肩章のついた上着を脱いでいた。帯剣はしているものの、一見しただけでは『死神』と恐れられた騎士には見えない。

「今日は、陛下たってのご希望なのでこのような姿でおります。アルシオーネ様も、普段の装いとはまったく違いますがお似合いです」

「どちらへ行くのでしょうか？」

気になって尋ねたものの、ジャックは「陛下に直接お聞きください」と、教えてくれなかった。

ジャックの護衛で皇妃の間を出ると、彼は城へ繋がる通路ではなく、反対方向へと足を向けた。

広く迷路のような城や皇宮は、ひとり歩きをすれば迷子になりそうな複雑な造りである。めったに単独行動をしないアルシオーネは、いつも使用する通路以外はまったくわからず、ジャックの後ろをついていくだけだった。

何度も角を曲がって廊下の突き当たりまでくると、なんの変哲もない扉が現れた。鍵はかかっておらず、扉を開けたジャックに促され中に入ると、皇宮とは思えない薄暗い通路が続いている。

「ここは……」

「隠し通路です。緊急用の皇族の脱出に使われます。先々代の皇帝の時代から、皇城に攻め入られたことはないので、通常時には使用しませんが」

ジャックの説明を聞きながら石壁に囲まれた階段を下りていくと、やがて外へ通じる木製の扉が見えた。ジャックがその扉を数回たたくと、外からゆっくりと扉が開く。

薄暗い階段内に突然光が射し込み目が眩《くら》む。扉を開けた人物は逆光で顔が見られなかったが、すぐに誰だかわかった。

「ランベール様！」

「急に呼び出して悪かった」

「いえ……それで、今日はどのようなご用なのでしょうか？」

外に出て改めて見ると、ランベールも通常時の服装ではなかった。軍衣の上着を着ておらず、綿の上衣と同じ素材の黒の下衣を身につけている。腰に剣を提げているが、それがなければ完全に平民だ。ただし、存在感だけは消しきれていないが。

「緊張しなくてもいい。ちょっと城を抜けだそうと思っただけだ」

「え……っ！」

「さすがに護衛なしでは出かけられないから、ジャックがついてくるが」

不服そうにランベールの視線が注がれたジャックは、しかつめらしく答えた。

「当たり前です。しかし私はおふたりの邪魔にならないよう離れた場所からお守りしていますので、どうぞお気になさらず」

「ああ、頼んだ。特にアルシオーネから目を離さないようにな」

「御意」

ふたりはすでに、どこへ行くかを決めているようである。ひとり戸惑っているアルシオーネに、ランベールが「心配するな」と説明を加える。

「視察、と言えば聞こえはいいが……要はお忍びで城下街へ行くだけだ」

「城下街へ？」

「ああ。こうしてたまに、街の様子を見に城を抜け出すことがある。民の生活をこの目で確かめておきたくてな」

ランベールがアルシオーネの手を取ると、ジャックがふっと苦笑する。

「陛下は今回、皇宮にこもりきりではアルシオーネ様も退屈だろうと、お忍びの散策を考えられたのですよ」

「そうなんですか？　ありがとうございます！」

彼を見上げて礼を告げると、なぜか顔を逸《そ》らされた。

「ランベール様？」

「陛下は照れていらっしゃるようですね。アルシオーネ様に喜んでもらうにはどうすればいいかを、だいぶ考えていらっしゃいましたから」

「ジャック、よけいなことは言わなくていい」

（わ……本当にランベール様が照れてらっしゃる……！）

あまり感情を表さない彼の珍しい態度を見て胸がときめく。何よりも、ランベールが自分を連れ出そうと考えてくれたことに感激した。

「ふたりでお忍びなんてなんだかワクワクします」

「私もいることをお忘れなく」

帽子つきの外套《がいとう》をふたりにかぶせたジャックが肩を竦め、アルシオーネが恥ずかしくなりつつ頷くと、ランベールは息を吐き出すように笑った。

「まずは、小屋へ向かうか」

「小屋、ですか？」

「ああ。私とジャックがよく訪れている場所だ」

城を出る際に使用した通路は、もともと他国の侵略に備えた皇家専用のものだというのは先ほどジャックから聞いたばかりだが、出入り口は城の敷地内にある森の中にあるため、利用しても人目につくことはないことや、有事の際に城から脱出するために、馬を繋いでおける小屋があることなどをランベールは教えてくれた。

森の中には目印になる木々があり、右や左にくねくねと曲がる獣道を目印を頼りに進んでいくと、ひっそりと佇む木造小屋が現れた。

小屋の傍にある大木には、大きな黒馬と白馬が繋がれている。

「白いほうが牝馬《ひんば》のディディ、黒いのが牡馬《ぼば》のアルバだ」

ランベールの説明を受けたアルシオーネは、パッと瞳を輝かせた。

「とても大きな馬ですね……！」

「アルバは陛下の馬で、ディディは私の馬です。戦では騎乗しませんが、遠乗りするときや狩猟祭ではこの二頭が活躍します。どちらも名馬ですよ」

ジャックの話を聞いていると、アルバの首を撫でていたランベールが苦笑する。

「ただし、アルバもディディも俺たち以外には懐かない。ほかの者からは餌ももらわないし、騎乗もさせないんだ」

「おふたりと二頭の絆は強いのですね。騎乗は無理でも、せめてご挨拶くらいできれば嬉しいのですが」

「怖くないのか？」

「ええ。大きな馬ですが、二頭ともおとなしいですもの」

お妃教育の一環として乗馬も経験していたし、フェルナンが身体の弱かったアルシオーネの体力をつけようと、遠乗りの機会を設けてくれたこともある。

コデルリエ家の領地は自然が多くあり、幼いころ父や兄について鷹狩《たかが》りに行った際に筋がいいと褒められたのはいい思い出だ。

自分から好んで外出をすることはあまりなかったが、動物と触れ合うのは好きだった。

（でも、原作でのわたしは陛下の愛馬に嫌われていたわね……）

今から三年前。皇家主催の狩猟祭に参加したとき、勝利を願う言葉を述べるため、フェルナンとセドリックと一緒に狩猟に出る前のランベールを訪れた。

そのときのアルシオーネは皇帝に恐れを抱いていたが、父や兄もいたため粗相をすることはなかった。

しかし、問題はその後。近くにいた彼の馬が、アルシオーネを見た瞬間に威嚇するように嘶《いなな》いたのである。

それ以降、アルシオーネが狩猟祭に顔を出すことはなくなった。父や兄は『陛下の馬は気難しいからしかたない』と慰めてくれたけれど、まるで彼自身に嫌われた気がして落胆したのである。

（あの馬は、アルバだったのね）

おそらくランベールは、三年前の出来事を覚えていたのだろう。気遣わしげな視線を向けられたが、アルシオーネは微笑んで見せた。

「好かれたい、とまで望みませんが、せめてお二方の愛馬には嫌われたくないです。とはいえ、あまり刺激をしたくないのでこれ以上近づかないほうがいいですね」

前世を思い出した今は、彼の愛馬に対する恐怖はない。むしろ可愛いと思っている。

馬に触れられないのを寂しく思いながら、二頭を眺めていたアルシオーネだが、次の瞬間目を丸くした。アルバが、自ら近づいてきたからだ。

（え……）

まるで自分を撫でろと言わんばかりに首を差し出す黒馬を見て驚いたのは、アルシオーネだけではなかった。

「これは……アルバはいったいどうしたのでしょうか」

「まさか、アルバが心を許すとはな。いったいどういう心境の変化なのか……」

驚いているジャックに答えたランベールもまた、信じられないというふうに愛馬を見ている。

「もしかして、ランベール様の妻だと認めてくれたのでしょうか」

（そうだとしたら嬉しいけれど……）

主以外に懐かない彼の優秀な愛馬は、ランベールとアルシオーネの関係が三年前と違うことを察知したのではないか。

アルバを前に希望を持ちつつ、アルシオーネは彼に尋ねた。

「あの、触れてもよろしいのですか？」

「アルバが許しているから大丈夫だ」

ランベールの許可を得たアルシオーネは、彼の愛馬に微笑んだ。

「こんにちは、アルバ。わたくしはアルシオーネ。仲良くしてくれると嬉しいわ」

声をかけながらそっと首を撫でると、温かな感触と毛並みが心地よかった。とても大切に手入れをされていることがわかり、ランベールたちの愛馬への思いが伝わってくる。

「アルシオーネは、アルバに気に入られたようだし、そのうち遠乗りでもしてみるか」

「はい、ぜひ」

ふたりで遠乗りの約束をしたり、彼の愛馬に認められたりすることも原作ではなかった。些細《ささい》な変化だが、その積み重ねが悲劇を回避することに繋がると信じている。

アルシオーネは笑顔を輝かせ、前向きでいようと思うのだった。


城の正門から城下街へ行くには、馬と馬車を用いて時間を要する。だが、森からならば徒歩でも充分に行ける距離だった。

「わたくしは、ひとりでは迷ってしまいそうですわ」

城下街の入り口まで来ると、アルシオーネはきょろきょろと辺りを見まわす。

そう遠くないはずの道順もなかなか複雑で、侵入者が皇族の居室や城の中に容易に辿り着けないようになっているのだが、慣れていなければ間違いなく迷うだろう。

「ひとりで出歩く真似はさせない。一歩間違えば、罠にかかるぞ」

「罠も仕掛けてあるのですか？」

「ああ。そなたが城から出てきた通路にはないが、ほかの通路や森の中はいたる場所に罠が仕掛けられている。衛兵も頻繁に見回っているから、侵入者などほぼいない。それでも、城内や城外は何重にも警備が敷かれている」

皇宮に移り住んでひと月経つというのに、アルシオーネはまだ知らないことばかりだ。これからは、せめて城の周囲だけでも構造を把握しなくてはいけない。

決意を新たにしていると、彼はおもむろにアルシオーネの手を握った。指を絡めて繋がれて、ドキリと鼓動が大きく鳴った。

「知らないことは、これから覚えればいい。これから先の時間は多くある」

「……はい」

それは、今後もともに在るという約束のようで、アルシオーネの心は弾んだ。

いつの間にか、ジャックの姿は見えなくなっている。もちろん、見えない場所から護衛してくれているのだろうが、こうしていると本当にふたりきりのようだ。

手を繋いで街中を歩いていると、想像よりもずっと賑わっていた。建ち並ぶ露店からは食欲をそそられる香りが漂い、噴水のある石畳の広場では音楽に合わせて踊る人々がいる。

「ずいぶんたくさんの人が集まっているのですね」

「建国祭が近いから活気づいている。アルシオーネは、公爵家にいるときはあまり外出していないと聞いているが、街へも出なかったのか？」

「身体が弱かったので……昔は父や兄がよく乗馬や狩りの場へ連れ出してくれました。ですがここ数年は特に、外出するよりも図書室で本を読んでいる時間のほうが長かったです」

「それなら今日は、今までできなかったことをするいい機会だな」

何気なく告げられて、ドキリとする。

またひとつ彼の優しさを知って胸がいっぱいになったアルシオーネは、繋いでいる手をぎゅっと握り、ランベールの腕に抱きついた。

「アルシオーネ？」

「体質的なものなのか、わたくしはすぐに熱を出していました。ですが、それを理由に外出を避けていたのも否めません」

妃教育を受けてマナーや歴史、教養は学んできた。けれど、社交が苦手でデビュタント以降は引きこもっていた。

ランベールと睦まじく過ごせているのは、前世を思い出したから。早都子の人生分だけ経験値が増えたことで、ようやくアルシオーネは彼のとなりに立てている。

「わたくし、もっと努力しますわ。ランベール様の優しさを享受するだけの妃ではいけないと思いますので」

「そなたは、努力家だ。毒を盛られた身で皇宮入りし、私を受け入れている。だが……そうだな。できることから始めればいい。私も協力できることはしよう」

彼はとりとめのないアルシオーネの話でも、問いただすことはしなかった。突然の決意表明でも、受け止めてくれる。

（こういう懐の深さは、ランベール様のおそばにいなければ気づけなかったことね）

ランベールの人となりを知ることができる自分は恵まれている。となりを歩く彼を見上げながら考えていると、また新しい事実に気づく。彼はアルシオーネに歩調を合わせ、ゆっくり足を進めてくれていた。

彼と並んで歩くなど、あまりないことだからわからなかった。こうして原作と違う彼を見つけるたびに、〝好き〟という想いが増えていく。

「ありがとうございます、ランベール様」

礼を告げると、返事の代わりに小さく微笑んでくれた。

（皇宮入りしてから、こんなに開放的な気分になるのは初めてだわ）

人目のある場では手を繋ぐことなんてできないし、振る舞いにも気を遣うけれど、今は誰の目も気にせずにいられる。美しい硝子細工を売っている店を覗いたり、工芸品を陳列している店などを気ままに見ていると、パニシャとの戦の可能性や皇太后に命を狙われていることなど忘れてしまいそうだ。

「とても活気があって、見ているだけで楽しいです」

「ああ。顔を見ていればわかる。アルシオーネは素直だな。いい意味で、令嬢らしくない……というよりは、貴族らしくない。だから私も、そなたといると自分の感情に素直でいられる」

ランベールの顔つきは、皇城にいるときとは違っていた。

皇帝として帝国の頂点に立つ尊き存在の彼が、アルシオーネの前では様々な姿を見せてくれるようになった。つい先ほどの森の中での照れた顔も、今のようにごく普通の青年のような表情も。すべての彼に魅せられる。

「わたくしは、少しでもランベール様の癒やしになれていますか……？」

アルシオーネは、気づけば無意識に尋ねていた。

前世で強くランベールを想っていた早都子は、『もしも仮に、ランベールと直接話すことができたなら』と妄想していた。『いかに彼の存在に支えられてきたのかを話し、過酷な境遇に身を置いている彼を癒やしたい』『今度は自分が支えたい』と。

ランベールの言葉を聞いて、早都子の気持ちが脳裏に浮かび、つい口に出た問いだ。

脈絡がなかったものの、彼は気にせず答えてくれた。

「そなたには癒やされている。寝所でそれは感じていると思っていたが」

「な……何をおっしゃるのですか」

「冗談だ」

鷹揚《おうよう》に笑ったランベールは、下衣の衣嚢から小袋を取り出した。

（あ……）

それは、アルシオーネがこの前渡したラベンダー入りの小袋である。まさか今日持ってきているとは思わずに驚いていると、ランベールは自身の鼻先にそれをあてた。

「ここ最近、寝室以外ではずっと持ち歩いている。特に公務のときは、持っていると落ち着くようになった」

「気に入ってくださったのですね。嬉しいです！」

「ああ。寝室ではそなたを抱いていれば眠れるし、そなたがいないときは小袋の香りで気を安らげている」

（早都子が聞いたら、どれだけ喜ぶだろう）

アルシオーネはじんと胸の奥が熱くなり、言葉にならなかった。

前世も今世も紛れもなく自分であることに代わりはないが、生まれた国や育った環境が違うため、厳密に言えば同じ人間ではない。性格や考え方に差異はある。

けれど、ランベールへの想いだけは共通していた。早都子とアルシオーネ、ふたり分の人生で彼を支えたい。

（この幸せを失いたくない。……絶対に）

自分自身の心に強く刻みつつ足を進めていると、ふとランベールが思いついたようにアルシオーネの顔を覗《のぞ》き込む。

「街に来てから店先を見ているだけだが、何か気になる品はないのか？」

「そうですね……先ほどすれ違った女性が食べていたパイが気になります。あんなふうに歩きながら食べる姿は見たことがなくて」

　公爵家で育ち、妃教育を経てきたアルシオーネにとって、街中の光景は新鮮に映る。行儀を気にせず堂々と食べ歩きをしている女性の姿に、少しだけ憧れたのだ。

「それなら食べてみればいい」

「い、いえ。そんな……」

「今までできなかったことをするのも経験だ。ここには、無作法を咎《とが》める者はいない」

　遠慮するアルシオーネの手を引いて露店の前に来たランベールは、ふたり分のパイを頼んだ。

「うちのパイはサクサクして美味いよ！」と店主に大声で告げられて、威勢の良さに目を瞬かせると、彼が微笑ましそうに説明してくれる。

「こういった露店では、これくらいの声を出さないと目立たないからな」

「申し訳ありません、不慣れで」

「謝ることはない。アルシオーネの驚いた顔も、可愛らしい」

（可愛らしいって……聞き間違いではないわよね？）

　あまりにも自然に告げられたものだから、危うく聞き逃してしまうところだった。

　褒め言葉を脳内で反芻《はんすう》し、胸が高鳴る。

　ランベールとは口づけもし、身体も重ねている。けれどそれは〝世継ぎの誕生のため〟という前提がある。

もちろん、アルシオーネは彼を恋しく想っているから嬉しい行為なのだが、ふと彼自身がどう思っているのか気になってしまう。

「どうぞ、おふたりさん！　美男美女だからおまけしておくよ！」

「あっ、ありがとうございます」

受け取ったパイは、売り物の中で一番大きかった。ランベールは慣れた様子で支払いを済ませ、ふたたびアルシオーネの手を取って歩き出す。

「どこかに座って食べるか」

歩きながら食べるのはアルシオーネにとって難易度が高いと思ったのか、彼は広場に数脚設置されている石造りの椅子へ向かった。

彼は街歩きに慣れていた。外套の帽子で顔は隠れているが、長身で体格もいいからかなり目立つ。これであの整った容貌を衆目に晒したならば、皆がその場にひれ伏して動けなくなるだろう。

（きっと、皆の普段の生活が見たいからお忍びで来るのね）

これも原作では描かれていなかったことだ。

小さな出来事が積み重なっていき、ランベールの人間性を知るたびに、この孤高の皇帝が『恐怖』からではなく、皆に慕われる為政者になることを願わずにはいられない。

「どうかしたか？」

石椅子に座ったランベールが、視線を察知して問うてくる。アルシオーネは彼の横に座ると、「いいえ」と微笑んだ。

「ずいぶんと街に馴染んでいらっしゃるなと思ったのです。皆、皇帝がこの場にいるとは思わないでしょうね」

「最初はジャックに怒られたな。目立ちすぎだと。ただ歩いていただけだったのだが」

「ランベール様は、生まれながらの皇帝でいらっしゃいますもの。歩いているだけでも、人目を引いてしまうのですわ」

「だが、失敗があったから、こうしてそなたを案内できる」

答えた彼は、大きな口を開けて持っていたパイを囓《かじ》った。

「食べられるか？」

「それは……はい」

アルシオーネの語尾が小さくなる。直接囓りつかなければいけないため、はしたなく思われないかを心配しているのだ。

「……食べているところは、見ないでいただけますか？」

「なぜだ？」

「その、淑女らしくないと思いますので」

好きな人には、少しでも美しく見られたい乙女心である。恥ずかしさを堪えて明かしたところ、ランベールは一瞬首を傾げ、次の瞬間に楽しげな笑みを浮かべた。

「面白いことを気にするんだな。城の中ではないし、この場では立場を忘れていい。もとより、食べ方でそなたに幻滅するほど狭量ではないが」

「それでも、恥ずかしいのです」

しかし彼には、繊細な乙女心は理解してもらえず、「恥ずかしがっているうちに冷めるぞ」とパイにかぶりついている。

豪快な食べ方だ。ともに食事をするときは上品な所作だっただけに、驚きが深くなる。

「ランベール様も、そういう食べ方をなさるんですね」

「行儀が悪いと思うか?」

「いいえ、まったく思いません。むしろ、とても美味しそうに食べていらっしゃるので食欲が湧いてきました」

「城にいるときは行儀をよくするが、私は戦地で食事をすることが多かったからな。マナーを気にするようなやつは戦場にいないし、皆が生きることに必死で祖国を守るために命を懸けていた」

ランベールの目が、ここではないどこかを見据えるように細められる。

異名がつくほどに戦場で恐れられるようになるまで、どれだけ傷ついてきたのか。想像すると心が痛い。

原作で描かれているのは、彼の人生のほんの一部分だけ。焦点が当てられていないところでは、戦で傷ついた無辜《むこ》の民も、命を落とした兵士もいる。

(前世の記憶が蘇ったのは、こうした事実に気づくためでもあるんだわ)

アルシオーネは、ランベールと同じようにパイにかぶりついた。淑女としてはあるまじき行為だが、彼に不快な思いをさせないなら構わない。

「ん……美味しいです」

「そうだろう？　……こうしていると、自分の立場を忘れて休息できる。そして、言い聞かせるんだ。『この平和を守るために私は存在している』と」

命を懸けて戦場で武功を立てるのは、民草の安寧を守るため。彼は、戦に負けるわけにはいかなかったのだ。

戦が終わっても、世継ぎや皇太后の問題がある。その双肩でどれだけ多くのものを支えてきたのかを想像することすら不遜だ。

簡単に、『あなたのしてきた苦労はわかる』『一緒に責任を背負わせてほしい』とは言えない。ランベールが背負ってきた責任は、そんなに軽いものではない。

だからこそ、思う。自分のために生きられない彼が、少しでも安らげるように、と。

「アルシオーネ」

アルシオーネがパイを食べ終えるのを見計らい、名を呼ばれた。ランベールに目を向けると、漆黒の瞳とかち合う。

前世の記憶が蘇る前は、どこまでも深い夜の闇を想起させる瞳が怖いと思っていた。『獣帝』の異名の持つ印象が先行し、彼自身を見ようとしていなかった。

けれど今は、ただただ愛しい。瞳の奥に秘められた哀《かな》しみや、ちょっとしたしぐさの中に潜む優しさを知ってしまったから。

静かに次の言葉を待っていると、ランベールは重い口を開いた。

「この前、パニシャと戦の可能性があることは話したな？」

「……はい。戦を回避するために、父が交渉役を担っていると」

「今朝、フェルナンが帰国した。――だが、交渉の余地がなかったようだ」

ランベールの纏う空気が、ひりついたものへ変化する。

彼の説明によれば、交渉の席に就いたパニシャの使者は、国王が端から戦の回避を望んでいないと語ったという。フリア王国の王族の生き残りを祭り上げ、『開戦もやむなし。大義は大国パニシャにあり』と宣言したそうだ。

「交渉決裂と同時に、パニシャが本格的に動くらしいと情報が入った。あと三日以内には、大軍を率いて旧フリア王国の城塞へ進軍してくる」

「で……では……」

「パニシャ軍が城塞に着くまでに十日は必要だ。その前に私は城塞へ赴き、迎え撃つ準備をせねばならない」

それは、ランベール自らの出陣宣言である。状況を簡潔に伝えられたアルシオーネは、頭の中が真っ白になった。

彼を守りたい。前世の記憶を持っている自分にはそれができるはずだった。五年後に訪れる戦でランベールが命を落とさないように、少しずつ原作と違う展開にしようと努めた。それなのに、戦を回避するどころか時期が早まっている。

原作とは違い、ランベールとの仲は深まって、第二皇子も味方についてくれた。ひとつひとつを見れば喜ばしい出来事だが、戦という大きな流れにすべて呑み込まれてしまう。

（わたしには、どうすることもできないの……？）

無力感に苛《さいな》まれたアルシオーネは、声を震わせながら彼に問う。

「……どうしても、ランベール様が行かなければならないのですか？」

「城塞にも軍にも指揮官はいる。だが、それでも兵士には象徴が必要だ。自ら戦場に出ることで軍の士気は上がる。それに、帝国を守るために命がけで戦っている者がいるというのに、自分だけ安全な場所にいるわけにはいかない」

決然と告げる彼からは、いっさい迷いはなかった。

ランベールは、いつもこうして一身に責任を負ってしまう。前世の〝早都子〟は、そういう彼が好きだった。誰も寄せ付けることなく戦に向かう孤高の皇帝、その生き様を讃え、戦場で自ら剣を振るう姿に感激した。

しかしアルシオーネは違う。生身の彼に、寄り添いたいと思うのだ。

「以前も申し上げましたが、わたくしは公爵家には戻らず皇宮にいます」

「……パニシャ軍が皇宮まで来ることはない。だが、皇太后のこともある。皇宮で不安を抱えて過ごすのも気が休まらないだろう」

ランベールは、こんなときでもアルシオーネの身を案じてくれる。この優しい人を怖がっていた過去の自分は、真実を見る目を持っていなかった。

そのことに恥じ入りながらも、素直な気持ちを伝えるために口を開く。

「わたくしは、皇宮でお帰りをお待ちしております。毎日、ランベール様の無事をお祈りするので……どうか、どうかご無事でお戻りくださいませ」

眼窩《がんか》が熱く潤む。だが、ここで涙を見せてはいけないと思った。彼には何も心配せずに出陣してほしい。

今、アルシオーネにできるのは、笑顔でいること。

そして――。

(もう一度、原作を思い出してみよう)

それは、アルシオーネにしかできないことで、唯一ランベールの役に立てる可能性がある手段である。

「必ず無事に戻ってくる。信頼できる騎士を何名か置いていく。私のことは心配せずに、自分の身の安全のことだけを考えるんだ」

ランベールは、アルシオーネの肩をそっと引き寄せた。

彼の腕の中に包まれると、安心できるようになったのはいつからだったか。考えたものの、明確な時期は覚えていない。けれど、彼が自分にとってなくてはならない存在になったのは、だいぶ初めのころの気がしている。

（前世の〝推し〟だからじゃない。わたしは、今ここにいるランベール様が好きだから）

アルシオーネは、ランベールが傷つかないよう願いながら、彼のぬくもりに身を委ねるのだった。

第五章　戦場に舞い降りた聖女

皇帝ランベール率いるベントラント軍の出陣式は、急な事態であるにもかかわらず盛大に行われた。

大国パニシャ進軍の報を周知したうえで、国民にベントラント帝国の威容を見せるためでもある。アルシオーネが彼から戦へ赴くと告げられてから、三日後のことだった。

城門から城下へと続く石畳には、甲冑《かっちゅう》に身を包んだ歩兵と騎兵が連なっている。その中心には、ひと際目立つ黒の外套を羽織った騎兵がいた。皇族のみが許されるユリと獅子の紋章が金糸で刺繍されている外套の持ち主は、ランベールである。

沿路には、皇帝をひと目見ようと集まった野次馬《やじうま》や、物々しい行列に怯《おび》える女子どももいたが、皆、皇帝の姿が見えると歓声を上げていた。

このあと街の中心部にある式典用の広場にて、第二皇子エヴラールと皇太后モルガールが、皇帝の勝利を願って軍旗を渡す儀式がある。皇族の姿を拝める機会はめったにないため、大勢の人が集まっていた。

「アルシオーネ様、もっとお近くでご覧にならなくてもよろしいのですか？」

侍女のナタリー、ドロテ、サラらとともに、広場を見渡せる石造のアーチ橋の上にいたアルシオーネは、侍女の言葉に「いいのよ」と笑みを浮かべる。

「冠も継承されていないし、わたくしはまだ正式にお披露目《ひろめ》された身ではないもの。それに……この場で皇太后陛下と顔を合わせたら、陛下が心配されるわ」

公式の儀式において、皇室の女性は冠を着けなければならない。皇太后も、冠をつけてエヴラールの隣に立っている。

冠は、それぞれの位に合わせて造られているが、皇太后のそれはひと際豪華だった。金冠の縁に宝石を贅沢《ぜいたく》にちりばめられており、陽光に反射して輝きが増している。

皇太后は背は低かったが、豪奢なドレスと天鵞絨《ビロード》の外套をひらめかせ、その場に堂々と立っていた。自分こそは、この国の支配者だと言わんばかりの態度だ。

（本当は、あの場でランベール様の戦勝をお祈りしたかったけれど……）

ランベールは、冠など関係なくアルシオーネを儀式の場に出席させようとしてくれた。だが、もろもろの事情を考えたうえで断っている。皇太后との衝突を避けるためだ。

戦地へ赴くときに、よけいなことで心を煩わせたくはない。昨日、皇妃の間でふたりきりで過ごしたときも、無事に戻ってくると約束してくれた。だからアルシオーネは、ランベールのいない間、自分と周囲の安全を第一に行動しようと思っている。

この三日間で、アルシオーネは覚えている範囲で原作で描かれた戦について記憶を探った。

だが、『皇子殿下の運命の恋人』本編において、ランベールの立ち位置は悪役である。主人公のいる国の敵国の皇帝として、小説の第一部の最後に立ちはだかる。大きな戦はそれだけだ。

（今から五年後にある戦は、パニシャが相手じゃない。でも、原作とは変わってきているし、この世界の歴史が改変することもあるのかしら……？）

原作を少しずつ変えたことで歴史が歪み、時期も相手も変わったうえで、大きな戦になろうとしている可能性もあるのではないか。

（もしそうなら、ランベール様はこの戦で命を奪われることになる。そんな確証もないただの想像で、不安になっている場合ではないわ）

最悪の予想にぞっとしたアルシオーネが身震いすると、エヴラールが軍旗を手に取った。

先発隊はすでに旧フリア王国城塞へ向かっているため、儀式の内容は簡略化されている。一刻を争うときになぜ式典を行うのか不思議だったが、盛大な出陣式にも理由があった。軍の出陣を見せることで、民衆を高揚させるためだと父のフェルナンから聞いている。

（お父様も、そうとうお疲れだった）

帰国したフェルナンとは、ランベールの執務室で極秘に会っている。アルシオーネが心配しているだろうと、彼が手配してくれた。

父は戦を回避するべく、最後まで粘って交渉していたようだ。パニシャの使者とは旧知だったことから、なんとか戦争以外の道を探っていたとランベールから聞き及んでいた。

そのためまずは労《ねぎら》うと、フェルナンは疲労が色濃く残る掠れ声で『パニシャ国王が妙に戦に前向きなのが気にかかる』と語っている。『いくら旧フリア王国の城塞を取り戻したいとはいえ、この時期になぜ戦を仕掛けてくるのかが不思議だ』とも。

（でも、悩んでいる時間もなく開戦しようとしている）

やるせない思いで儀式を見守っていると、軍兵が一斉に皇帝の眼前で膝を折った。軍旗を持っていたエヴラールは、恭しいしぐさで皇帝にそれを差し出す。

「ベントラント帝国軍は、今回も必ず勝利する！」

軍旗を手にしたランベールはそう宣言し、その場に集まった全員に見せつけるように片手で高々と持ち上げた。

（……この光景を、わたしは知っている）

群衆から大きな歓声が上がる中、アルシオーネの脳内に、今目の前で起きた場面と同じ光景を見ている〝早都子〟の姿が浮かんだ。

ぐらり、と目の前が歪み、視界が黒く塗り潰される。

ランベールが軍旗を掲げた場面は、早都子が読んでいた本の中の挿絵にあった。いや、正確に言えば、ドラマＣＤ化の際に初回生産版限定特典にあった小冊子の中に描かれていた出来事だ。

気づいた瞬間、前世を思い出したときと同じくらいの頭痛に襲われる。

呼吸が浅くなっていき、顔面が蒼白《そうはく》になったアルシオーネは、全身が痙攣してその場に膝をついた。


「アルシオーネ様……⁉」

突然倒れた主に驚いた侍女たちが、動揺して声を上げる。しかし、大丈夫だと彼女たちを安心させることもできずに、意識を手放した。


「ランベール様……行ってはダメ……！」

自分の声で目覚めたアルシオーネは、やけに速く拍動する心臓を片手で押さえた。呼吸を整えながら上半身を起こし、今の状況を確認する。

意識を失う寸前までは、橋の上で出陣式を見ていたはずが、今は皇宮の皇妃の間の寝台にいる。前世の記憶を思いだし、そのまま気を失ってしまったのだ。

つい先ほど目覚めるまで見ていた光景が、生々しく網膜に焼き付いている。喉は渇き、嫌な汗で背中がべっとりと濡れていた。

（こうしてはいられないわ。すぐにランベール様にお知らせしないと）

寝台から起き上がろうとしたとき、部屋の扉が開いた。

「アルシオーネ様！　お目覚めになったのですね！」

ナタリーやドロテ、サラが焦った様子で部屋に入ってくる。

今にも泣きそうな顔で寝台に駆け寄ってきた彼女たちは、自分の仕事を忘れていなかった。

ドロテはアルシオーネの額に滲む汗を拭き、サラはベッドの脇にある卓子から水差しを手に取ると、器の中に入れて差し出してくる。

部屋の外に出たナタリーは、すぐに皇宮医を連れて戻ってきた。言葉を交わさずとも連携していた侍女三人は、医師に脈を取られているアルシオーネを心配そうに見ている。

（目の前で倒れてしまったのだもの。心配をかけてしまったわよね……）

「ごめんなさい、みんな。迷惑をかけてしまって。わたくしはどれくらい眠っていたの？」

「迷惑だなんてことはございません！　出陣式から丸二日眠っておられましたので、無事にお目覚めになって安心いたしました」

涙ぐんで答えたナタリーの返答にギョッとする。まさか、そんなに時間が経っていたとは思わなかったのである。

「それでは、そろそろランベール様は城塞に着いて……」

「いえ。アルシオーネ様が眠っておられる間に大雨が降り、城塞へ向かう途中の川が氾濫したようです。もともと大隊なので移動に時間がかかるうえに、足止めをされていると知らせがありました」

話を聞いたアルシオーネは、まだふらつく身体を無理やり寝台から引き剥《は》がした。驚いて止めようとする医師を「もう大丈夫だから」と強引に下がらせ、侍女たちを見据える。

「……お願いがあるの。今からわたくしは、ランベール様を追って旧フリア王国城塞へ向かいます。騎士団の方にお願いして、極秘で馬を出してほしいの」

「何をおっしゃっているんですか！　まだ起き上がるのも無理なのに、陛下を追うなんて」

「どうしても、わたくしが行かなければならないの……！」

侍女たちはアルシオーネの剣幕《けんまく》に驚愕《きょうがく》する。これまで声を荒らげたことなど皆無だったのだから当然だろうが、必死だった。

出陣式のときに思い出した前世の記憶は、無理を押してでもランベールに伝えなければいけない。そうじゃなければ、一生後悔する。

（わたしはこのために、前世の記憶が蘇ったんだわ）

確信を持ったアルシオーネは、全身に力を入れて寝台から下りた。

「着替えを用意してくれる？」

「それは……アルシオーネ様のご命令でも聞けません」

侍女三人にいつもの明るさはなく、真剣に主を案じていた。彼女たちに申し訳ないと思うものの、こうして問答している時間すら今は惜しい。

「……ランベール様をお救いできるのはわたくしだけなのよ」

ここで前世の記憶のことを言っても意味がない。いきなりそんなことを明かされても、侍女たちは困るだろう。

今は一刻も早くランベールのもとへ行き、危機を伝えなければならない。

切実な思いで、アルシオーネが侍女たちを見据えたときである。

その場の空気を裂くように部屋の扉がノックされた。ナタリーはすぐに何事もなかったように扉の外で応対していたが、わずかな時を経て困惑の表情で戻ってくる。

「どうしたの？　ナタリー」

「それが……第二皇子殿下が、至急アルシオーネ様にお会いしたいとおっしゃっています。体調が優れないとお伝えしたのですが」

「皇子殿下が……？」

アルシオーネはつい先ほど目覚めたばかりで、それを知る者は皇宮医と侍女のみである。にもかかわらず、エヴラールがここを訪れたということは、目覚めているか否かも確認せずに皇后の間へ来たということ。つまり、それだけ急を要する用件だと推察できる。

彼は表向き皇太后のいいなりになっているが、今はランベールの味方だ。わざわざ足を運んでくれた彼に会わない選択肢はない。

「少し待っていただいて。すぐに準備をするわ」

第二皇子がこちら側の人だとは、侍女たちには伝えている。

エヴラールの恋人を公爵家まで送り届けたのはナタリーで、その際もランベールとアルシオーネにたいそう感謝していたという。

無事に皇子の恋人を公爵家に託したナタリーは、『第二皇子殿下の見る目は確かですね』と感想を漏らしている。それだけ恋人の人柄がよかったのだろう。彼女とエヴラールの恋を応援したいとすら語っていた。

そういった経緯もあり、侍女たちはエヴラールに対する警戒を解いている。もちろん、ランベールが異母弟に信を置いたことも大きい。

あまり長い間待たせたくなかったため、寝間着から簡素なドレスに着替えて身支度を調えると、そうそうに別室へ向かった。

「アルシオーネ嬢。先触れも出さずに訪問して悪かったね。体調は大丈夫？」

「お気遣いありがとうございます、殿下。お恥ずかしながら、出陣式の日に倒れてしまい先ほど目覚めたばかりなのです。この二日間の状況はまだ把握しておりませんので、単刀直入に申し上げます。このような突然の訪問は……何かお急ぎの用件があったのですね？」

挨拶を切り上げてアルシオーネが水を向けると、エヴラールの顔に緊張が走った。

「意識を失っていたきみにこんな話をするのは気が引けるんだけれど……母上が動き出したんだ」

「皇太后陛下が……」

予想していたこととはいえ、実際にほかの人から聞くと衝撃を受ける。

アルシオーネには、次に続くエヴラールの話の内容はわかっていた。それはまさに、二日前に思い出した出来事に関係している。

「母上が……いや、皇太后が送ろうとしていた密書を手に入れた。陛下に、皇太后の動きを見張っておくように言われていたからね。特に、陛下が出陣したあとの行動には気をつけろと念を押されていたんだけど……」

エヴラールは説明をしながら、卓子に封筒を置いた。封蠟には、皇太后の印であるユリの蕾が刻まれている。

「中は検《あらた》めさせてもらってる。きみにも読んでほしい」

「よろしいのですか？」

「そのために持ってきたんだし構わないよ」

切迫した声に小さく頷き、封を開ける。

皇太后の文字は見たことはないが、ユリの蕾の封蠟に加え、署名、そしてユリの蕾の印が捺《お》されている。間違いなく彼の人物の書簡だろう。

中身を読んだアルシオーネは、手紙を持つ手を震わせた。

（やっぱり皇太后は……パニシャと通じていたのね）

この戦は、皇太后に仕組まれたものだ。大国パニシャと手を組み、ランベールを亡き者にし、次期皇帝にエヴラールを据えようとしているのだ。

皇太后と通じることで、パニシャ側にも利はある。まずは、此度の戦で帝国軍の情報を聞き出し、ランベールを手にかける。旧フリア王国城塞を取り戻したのちに、その勢いで帝国に攻め入ればいい。

皇帝ランベールを失った帝国軍が、大国に蹂躙されるのは想像に難くない。

(間違いない、この戦は……原作じゃなく、ドラマCD化の初回限定生産版特典小冊子にあった出来事だったのね)

意識を失っている間にアルシオーネが夢の中で見た場面は、ランベールが大怪我《おおけが》を負った姿だった。

確信したのは、ランベールが出陣式で軍旗を掲げた場面を見たときだ。前世で早都子が嬉々《きき》として読んでいた小冊子の中に、先のランベールの姿が挿絵で描かれていた。

本編や番外編の流れを思い出そうと必死で、ドラマCDのことまで念頭になかった。

(早都子がいたら怒られそうだわ)

ふと、脳裏を過ったものの、すぐに意識を切り替える。

パニシャの王都から城塞までは距離があり、進軍には時間がかかる。そのため、帝国軍は先に城塞へ向かい、戦に備えたうえで迎え撃つつもりだった。

しかし、皇太后は城塞を守っていた軍の司令官を亡き者にし、代わりに自分の息のかかった

人間をその座に据えている。それはパニシャと戦回避の交渉が決裂し、わずか半日のことだった。

（長い時間をかけるつもりはなく、短期間で勝利するつもりね）

司令官の殺害は、長期間隠しておけるわけがない。城塞の重要性をわかっているランベールは、司令官と密に連絡を取っている。時を置かずして不在が明らかになるはずだ。

だから皇太后は、この戦で一気にランベールを葬ろうとしている。自身も、大国に利用されているとは思いもしないのだろう。

「……この密書は、皇太后陛下とパニシャが通じている何よりの証拠になりますね」

アルシオーネは感情を抑え、冷静にエヴラールと向き合う。

「皇太后は、ご自分の手の者を司令官にしているため、パニシャ軍を城壁内に招き入れることが可能なのですね」

「アルシオーネ嬢の想像どおりですよ。まさか、これほど愚かだとは……」

手紙に記されていたのは、城内の武器庫や隠し通路の場所である。城内にパニシャ軍を引き入れたうえで、帝国軍が到着しだい攻撃をする手はずを整えている。おそらく、帝国の先遣隊はすでに捕らえられている。本隊に情報が届くまで時間がかかるはずだ。

行軍で疲労しているところに、自国の兵が駐屯していると思っていた城塞に敵兵がいるのだ。いかに帝国軍に『獣帝』と『死神』と呼ばれる軍人がいようと、不意をつかれて深手を負うこともある。

（それに、パニシャ軍の策は城塞の占拠だけではないもの）

蘇ってきた前世の記憶を整理していると、エヴラールが小さく息をついた。

「アルシオーネ嬢に直接伝えられてよかった。本当はすぐに早馬で陛下に知らせたいところだけど、僕が自由に動かせる人間は限られている。そこで、あなたの助けを借りようとここへ来たんだ」

エヴラールが動かせる人物とは、彼の護衛だろう。ランベールの部下も彼を護衛しているが、あくまでも有事の際に備えての最小限の人数である。皇子殿下の守りを薄くするわけにはいかない。

「では、わたくしが参ります」

迷いなく告げると、エヴラールの眼が衝撃で見開かれる。

「いや、さすがにそれは無理です。この件は、公爵家の人間にお願いすることはできませんか？　アルシオーネ嬢の実家であれば、信用して密書を託せる」

「陛下に危険が迫っているのです……！　公爵家に人を遣わしている間に、陛下に何かあったらわたくしは……」

小冊子の内容によれば、ランベールはこの戦によって右足を負傷している。城塞近くにある川辺で交戦中に、敵兵の矢で射られたのだ。傷は深く、その後は足を引きずる生活を送ることになる。

城塞を占拠したのちに、近くの川辺に潜んでいた大国軍は、川を境にして帝国軍をふたつに分断した。行軍で一番疲労が濃くなっている時を狙われたのである。

いるはずのない大国軍が突如現れたことで、帝国軍に動揺が生まれた。それでもランベールやジャックは奮戦していたが、自国内で敵襲に遭うという想定外の出来事は、兵たちを浮き足立たせ、ランベールを逃がすだけで精いっぱいの状態になってしまう。

一度体勢を立て直すため、ランベールは一時撤退を余儀なくされた。

皇城へ戻る途中にも戦闘があり、城塞のみならず数多くの兵を失ったランベールは、皇太后と大国が通じていることを知り、城に戻ってすぐに皇太后と第二皇子に処分を下そうとした。

だが、その間もなく帝都に敵軍が攻め入ってきた。それが、パニシャと手を組んでいた原作の主人公たちのいる国だったのだ。これが禍根となって、五年後の戦へ発展する。

(わたしは、妊娠していたから公爵家に逃がされていたけれど……これ以降、ランベール様はわたしと会ってくれなくなった)

ひとまず、主人公たちのいる国との戦闘では勝利している。しかし、ランベールの怒りは収まらず、戦を引き起こし、皇帝弑逆を企んだ主犯として皇太后と異母弟の処刑を決定し、主人公への復讐心《ふくしゅうしん》が生まれたところで小冊子は幕を閉じている。

本編では描かれていなかった背景に、前世の早都子は歓喜していた。けれど、これはそう単純な話ではない。

その後、ランベールを主軸に描かれた番外編で、彼の悲劇は加速していく。

戦場こそが自分の生きていく場所だと、ランベールは次々に他国を侵略していった。けれど、度重なる戦は国費を圧迫していくことになる。

同じころ、公爵家の手厚い保護下でアルシオーネは無事に出産した。男児だった。だが、子が生まれても、ランベールは子どもを腕に抱くことも、一目会おうとすることもなかった。このときのふたりは政略で結ばれた関係でしかなく、互いに『世継ぎを産む』責務を果たしたことで、共に在る必要がなかったのだ。

戦に次ぐ戦で、ランベールの精神は少しずつ病んでいく。忠臣であるジャックの言葉にも、耳を貸さないほどに。

（このときのランベール様は、今のあの方とはかけ離れているわ。だからお父様も、皇帝を排除しようとしたのだわ）

暴君となったランベールを諫める者は帝国に存在しなかった。そこで立ち上がったのが、アルシオーネの父、宰相フェルナンである。

フェルナンは帝国貴族の支持を得て、アルシオーネの子どもを帝位に就けようと画策する。ランベールへの不平を募らせていた貴族や騎士たちの協力のもとに反旗を翻し、暴君を皇帝の座から引きずり下ろそうとしていた。

世継ぎ誕生のためだけに嫁ぎ、役目を果たしたアルシオーネ。しかし、その心はやはり虚無だった。次期皇帝となるだろう息子にも愛情が持てず、そうかといって皇城から逃げ出すことも叶わない。

奇しくもランベールと同じように精神を病んでいき、やがて死を願うようになる。

息子同様に、国母となるアルシオーネも命を狙われることが多く、少しでも気を抜けばすぐに〝死〟に直結する生活だった。普段は必ず毒味をさせていたが、その日は魔が差し――毒味役をつけぬまま食事をした。

それは、ある意味で自害だった。心が、疲れていたのだ。

アルシオーネが毒に倒れて間もなく、皇帝ランベールが命を落とす戦の幕が開けた。

彼と婚姻を結んでわずか五年、世継ぎを産んで三年の出来事である。

これが、小冊子や番外編で描かれたランベールや帝国の顛末だ。皇太后や異母弟に裏切られ、政略で娶った妻とは情が芽生えぬまま子だけを成した。少しずつ病んでいく皇帝に手を差し伸べる者はおらず、とうとう戦で命を落としてしまう。

主人公側から見れば、悪役を打ち倒しさぞ痛快だっただろう。しかし、ランベールの視点に立てば、これが悲劇と言わずになんと言おう。

（だけど今、原作とは展開が違っている。皇子殿下がランベール様の味方についたこともそうだし、わたしはまだ妊娠もしていない。悲劇を回避して、みんなが幸せになれる道は絶対にあ

る）

小冊子では、パニシャが亡国の王族を旗印にしたという話はなかった。現時点で原作と同じなのは、皇太后がパニシャと手を組み、城塞を乗っ取ったことのみだ。

アルシオーネはエヴラールを見据え、真剣に続けた。

「……予期せぬ川の氾濫で、ランベール様が率いる軍隊が足止めされていると先ほど聞きました。あちらは大隊ですし移動にも時間がかかりますが、単騎で休まずに向かえば追いつけるはずです」

帝国のため、という大義を掲げられるほど立派な信義があるわけではない。ただ、ランベールを救いたい気持ちだけが、アルシオーネの原動力になっている。

「あなたは、強い人だ。僕もその強さをもっと早く持てていれば、状況は変わっていたかもしれないのに」

エヴラールは、皇太后の悪事と直接関わってはいないが、見ぬふりをしてきたことを悔やんでいるようだった。幼いころから皇太后の寵愛を一身に受け、自身で考えて行動してこなかったのは、帝国の皇子として怠慢だ。

でもそれは、アルシオーネも変わらない。前世を思い出すことがなければ、ランベールを恐れるだけで歩み寄ろうとはしなかっただろうから。

「皇子殿下。今からでも遅くありませんわ。こちらに来てくださった殿下は、強い意志をお持ちだとわたくしは思います。だからこそ、ランベール様も殿下を信じていらっしゃるのではありませんか？」

アルシオーネが告げた、そのときである。

「おっしゃる通りです」

言葉とともに現れた人物に、アルシオーネは瞠目した。

部屋に入ってきたのは、この場にいるはずのない――いや、絶対にいてはならない人物だったからだ。

「あなたがどうして……陛下と出陣されたはずではないのですか？」

「今回は、陛下より命があり出陣しておりません。出陣式には参席しましたが、目立たないように城へ戻ってまいりました」

黒の騎士服に身を包み、冷静に状況を説明したのはジャックだった。

彼は、ランベールの背中を守り、異名がつくほど戦場で恐れられている男だ。皇帝が獣のように敵軍を蹂躙し、その後に死神が殲滅《せんめつ》する。此度の戦でも、ジャックは参戦していたはずだ。

皇帝の傍らで彼を守る人物が皇宮にいていいはずがない。人材を無駄にしている。けれど、彼をこの場に置いていったのはランベールだ。アルシオーネを、皇太后の脅威から守るために。

（戦には、必ずルキーニ卿を連れていっていたのに……）

大切な腹心を置いていくほどに案じてくれている嬉しさと心配とで胸中は複雑だが、一刻を争う今はまたとない援軍といえる。

「ルキーニ卿、陛下の御身に危険が迫っているのです！」

「落ち着いてください、アルシオーネ様。私はあなたが目覚めたと侍女殿からお聞きして、急ぎはせ参じたのです。……殿下もいらっしゃっていると聞いて何かあるとは思っていましたが、まさか陛下のお命に関わることだったとは」

アルシオーネが目覚めたことを知ったジャックは、皇妃の間の扉前で控えていたが、部屋から漏れ聞こえた内容が内容なだけに聞かぬふりはできずに入ってきたようだ。

許可なく入室したことを詫びたジャックは、アルシオーネの傍らに膝をついた。

「私にお任せください。必ず陛下に危機をお伝えします」

「ありがとうございます……！」

アルシオーネは心の底から安堵して礼を告げた。最高位の騎士は、おそらく誰よりも早く馬を駆るはずだ。ランベールのもとへ駆けつければ大きな戦力になる。

エヴラールも同じ考えだったようで、皇太后の密書を手に入れた経緯を簡単に説明し、封筒をジャックに託した。

「では、私はさっそくこちらの密書を陛下に届けてまいります。殿下は、一度皇太后宮へお戻りください、アルシオーネ様は、どうか安静に」

「わかったわ。でも、せめて見送らせてほしいの。……正面門からではなく、この前の通路から行くのでしょう?」

「ええ、あちらの通路は人目につきませんから。……ここで私がお断りしても、ついてくるのでしょうね」

アルシオーネの行動を理解しているのか、ジャックが苦笑を浮かべた。

「エヴラール殿下からお預かりした密書は、必ず陛下にお渡ししますのでご安心を。それでは、まいりましょうか。アルシオーネ様」

「頼んだよ、ルキーニ卿」

切実なエヴラールの声に、ジャックは神妙に頷いた。

話が纏まると、エヴラールは皇太后宮へ戻っていく。アルシオーネは侍女にすぐ戻る旨を告げ外套を羽織ると、ジャックとともに皇妃の間を出た。

簡素なドレスだったことが幸いし、薄暗い専用通路を歩くときも時間がかからなかった。気持ちが逸《はや》り、前へ前へと足が進む。

「ランベール様がルキーニ卿を戦地にお連れしなかったのは、わたくしのせいですね。本来なら、卿は戦の先陣を切るお方ですもの」

通路を歩きながら、申し訳なさで歯噛みする。ジャックが城にいてくれて助かったものの、その分帝国軍の戦力は落ちていることになる。

アルシオーネの後ろを歩いていたジャックが少し困ったように答えた。

「気に病むことはございません。この戦で陛下を弑することに成功すれば、あとは寵愛を受けているあなたを亡き者にするだけでいい。アルシオーネ様は、陛下のお子を産む可能性の在る唯一の女性ですから、誰よりも優先するのは当然でしょう」

（そこまで考えたうえで、ルキーニ卿を護衛につけてくださったのね）

ランベールとアルシオーネがいなければ、正当な皇位継承者はエヴラールのみとなる。皇太后は、長年の願いを成就させるために手段を選ばないと考え、自身の右腕の男を皇妃を守るためだけに皇宮へ置き戦地へ向かった。

「主君が大切に思う方の護衛です。私は、命を受けたとき光栄でした」

「感謝いたします。ですが……それでも、ランベール様にあなたは必要です」

「ご自分のことよりも陛下を優先するあなただから、あの方も私を残したのです」

ジャックの説明を聞いたアルシオーネは、彼の深い愛情を知って胸が熱くなる。

ランベールの悲劇を回避するために、絶対にこの戦で命を落とすようなことをさせてはいけない。そして願わくば、彼に平穏な日々を送ってほしい。そのそばに自分がいられれば嬉しいと思う。

「陛下をお願いします、ルキーニ卿。そして、城塞近くの川辺には気をつけてください。……兵が、潜んでいるかもしれません」

「兵が？　なぜアルシオーネ様がそのような……」

「陛下が川辺で敵兵の弓矢に射られる夢を見たのです」

前世云々《うんぬん》の話をしたところで信じてもらうのは難しい。だから今は、ただランベールの無事を願う者としてジャックにすべてを託す。

「承知いたしました。全力を尽くします」

それ以上問うことはせず、力強く宣言したジャックは、突き当たりの扉を開けようとした。

しかし、なぜかその動きをぴたりと止める。

「ルキーニ卿？」

「……いえ。人の気配を感じたのですが、気のせいでしょう」

今は些事《さじ》に構わず、ランベールのもとへ向かわなければならない。こうしている間にも刻一刻と時は過ぎている。

扉を開けると、辺りはしんと静まり返っていた。人の気配は感じないものの、注意深く辺りに視線を走らせていたジャックが、アルシオーネに視線を投げた。

「私はこれから森の小屋に行き、つないである馬で陛下のもとへ向かいます。アルシオーネ様は、皇宮のお部屋から出ずに報《しら》せをお待ちください」

「わかったわ。ルキーニ卿も、道中気をつけて」

「はい。単騎であれば、城下を抜けて川沿いを伝うルートがあります。川の氾濫で足止めされているのなら、正規の街道を使用するよりも帝国軍に早く近づけるはずです」

軍の本隊は兵の数も多く、休息地の確保も必要になる。必然的に、大きな街道を通ることになるが、単騎の移動であれば抜け道を利用して一気に距離を詰めることができる。

ましして足止めされているとなれば、軍列の最後尾にさえたどり着けばいい。そのあとは、ランベールへ伝令を飛ばせるからだ。

「川沿いは悪路で利用者が少ないので、存分に馬を駆れます」

今回使用するルートの説明をしたジャックは、最後に一段と声を低くして続けた。

「私が不在の間、もしも何かあった場合は今の通路を用いてお逃げください。小屋には、馬が何頭か用意されています」

「通路を利用しなければいけない事態にならないことを祈っています。――ルキーニ卿、陛下を、お願いします」

本当は小屋まで行って見送りたかったが、これ以上は邪魔になる。

ランベールを守ってくれるよう頼んだアルシオーネは、扉に手をかけて通路へ入ろうとする。だが、それよりも前に、ギイ、と蝶番《ちょうつがい》を軋ませて目の前の扉が開いた。

次の瞬間、土を蹴ったジャックは、剣の柄に手をかけると、素早く扉とアルシオーネの間に立った。

皇族専用の通路から出てきたのは、数名の見知らぬ騎士だった。すでに剣を抜いている彼らは、アルシオーネとジャックを中心に、半円を描くように取り囲む。

「ジャック・ルキーニ。まさか貴様が戦場に向かわなかったとはな」

声を発したのは、城から出てきた騎士たちの中でも威圧感のある男だった。右頬から口の端にかけて大きな傷がある。筋骨隆々で、ジャックよりも背が高い。

「ルキーニ、その女と密書を寄越せ。そうすれば命だけは助けてやる」

声をかけられてもジャックは答えなかった。その代わりに静かに剣を抜き、切っ先を男へと向ける。

「突然現れたかと思えば、密書だの女を寄越せだのと……誰に口を利いているかわかっているのだろうな」

冷酷な声でジャックが問うと、周囲に緊張が走る。しかし右頬に切創のある男は、気圧《けお》されながらもこちらを睨《にら》みつけてきた。

「ふざけるな！　密書を皇子殿下から託されたのはわかっているんだ！　まったく、殿下も愚かな方だ。皇太后陛下に逆らえるはずなどないのに。今ごろ仕置きで牢《ろう》に入れられていることだろう」

男は、エヴラールが密書を盗んだことを皇太后が知り、息子を牢に入れたと語った。おそらく、皇太后宮に戻ってすぐに投獄されたのだ。

さすがに実の息子の命を奪う真似はしないだろうが、エヴラールも不安に思っているに違いない。

「愚かなのは貴様だ」

ジャックはその場を凍り付かせるようなぞっとする声で、騎士に言い放った。

「主君を貶《おとし》めることは、騎士としての自らを貶めることにほかならない。殿下は愚かな方ではない。我が主君の右腕として、今後の帝国に必要な方だ」

ジャックの言葉に、アルシオーネは胸が詰まった。

（ランベール様が皇子殿下を信じているから、ルキーニ卿も信じているのだわ）

原作とは違い、ランベールを中心に周囲に強固な信頼が生まれている。アルシオーネにとっては、何にも代えがたい希望だった。

肌を突き刺すような緊張感に包まれる中、ジャックの鋭い声が響き渡る。

「おまえたちは、帝国の未来に必要のない人材だな」

剣の切っ先を頬に切創のある男から、周囲を取り囲む騎士たちへと周回させたジャックは、隙のない所作で懐から封筒を取り出した。

「アルシオーネ様、これを」

皇太后の密書を後ろ手に差し出され、反射的に受け取る。ジャックはちらりとアルシオーネを振り返り「小屋へ」と小さく告げた。

「ここは私が引き受けます。片付けたのちに追いかけますので、アルシオーネ様は陛下のもとへ向かってください」

「ですが……！」

「目覚めたばかりの方にお願いするのは心苦しいですが、今は一刻を争います」

ジャックの言葉にハッとする。

こうして足止めされている間にも、ランベールに危機が迫っている。ジャックが騎士たちと応戦しようとしている今、パニシャの剣先が彼に届く前に食い止められるのは、アルシオーネだけだった。

「ルキーニ卿、必ず無事に陛下のもとへ」

「承知しました」

ジャックの短い言葉が合図になった。

彼は自分たちを取り囲む騎士の一角に目で追えないほどの速さで斬り掛かり、アルシオーネの背を押した。

弾かれたようにその場から駆け出すと、背後から激しい剣戟《けんげき》の音が聞こえてくる。

だが、振り返る余裕はない。アルシオーネを逃がそうとこの場に残ってくれたジャックの行動を無意味にしないためにも、必死で小屋へ向かう。

無我夢中で駆けていると、やがて小屋の前に繋がれた馬が見えてきた。アルシオーネはホッとして、今まで履いていた靴を脱ぎ捨てる。

黒毛の馬――アルバはぶるりと胴を震わせ、こちらを値踏みするように見つめている。アルシオーネは裸足《はだし》で近づき、アルバの首を撫でた。

「ランベール様の危機なの。……あなたの背中に乗せてくれる？」

嫌がる様子もなく、アルシオーネの手を気持ちよさそうに受け入れていたアルバは、返事をするように頭を垂れた。

「ありがとう。よろしくね、アルバ」

これから過酷な道を走らせなければならないことを心の中で詫びながら、木に繋がれていた縄を解く。たてがみと手綱を握り、鐙《あぶみ》に足をかけて鞍《くら》に乗ると、久しぶりの馬上の景色に息を詰めた。

乗馬服ならともかく、軽装とはいえドレスで騎乗などしたことはない。とても淑女の振るまいとは思えないが、今は何よりも大切なことがある。

「よし、行くわよ」

アルバに声をかけたアルシオーネは、ランベールを救うため、彼の愛馬と走り出した。

＊

アルシオーネが皇宮を出発する半日前。ランベールは、ようやく水の流れが穏やかになった川を見据えながら、どこか違和感を覚えていた。

城塞に送った先発部隊が戻ってこないのだ。

大国パニシャ挙兵の報を受け、ランベールはまず城塞に小隊を送っている。これは、城塞側と情報を共有するための伝令を含めており、報告如何《いかん》では中隊を追加で送るつもりだったが、なぜか伝令が戻ってこない。

旧フリア王国城塞は、大国パニシャとの国境という位置関係から、常に脅威に晒されている。だから城塞の司令官には先の戦で武功を立てている騎士を常駐させ、有事の対応にも備えていた。

（……川の氾濫で伝令が遅れているだけか？　いや、それにしても……）

ランベールには、戦場で培《つちか》ってきた独特の感覚が備わっている。理屈ではない。ほかの人間には説明が難しい独自の〝勘〟が、異変を察知していた。

獣のような嗅覚で危機を察知し、相手の策を打ち破るのも、『獣帝』と呼ばれる所以《ゆえん》だ。

ジャックがいる場合は、あの男に先駆けを任せて様子を見る。しかし今、戦場においての右腕は皇城に置いてきた。アルシオーネを守るためだ。

剣の腕も状況判断も、騎士団の中で随一を誇る男がそばにいれば、彼女の安全は保証される。

（まさか俺が、進軍の最中に女のことを考えるとはな）

アルシオーネ・コデルリエ。身体が弱かったと聞いていたが、実際の彼女は不思議な生命力に満《み》ち溢《あふ》れていた。そして、なんの損得もなくランベールを慕っている。

曇りのない晴天のような瞳で見つめられると、自分がいかに汚れた存在かを思い知らされる。だが、同時に心地よくもあった。これまでの人生において、無条件の信頼と愛情を注がれたことが皆無だったからだ。

そう――皇宮に来てからのアルシオーネは、常にランベールに歩み寄り、皇妃として献身的に尽くしてくれた。彼女を見ているだけで、つい笑みが零れるほどに。

エヴラールと本音で話すことができたのは、彼女の存在が大きい。それに、最近は皇宮の中が明るくなった。長らく皇太后という理不尽な存在に虐げられてきた使用人や騎士たちは、暗闇に射《さ》す一筋の光のごとく現れたアルシオーネを慕っている。

彼女のたおやかさに、皆、癒やされているのだ。

(たかだか数日で、もう顔が見たくなっている)

出陣式の前日に、アルシオーネを抱き潰した。何度も精を注ぎ、声が嗄《か》れるまで喘がせ、淫らな体位で貫き続けた。

それでも彼女は、自分の役目だというようにランベールを受け止めた。確かに皇妃としては間違っていない。ただ、ランベールは、アルシオーネを抱いているときに役目だと思ったことは一度もない。ふたりの気持ちの温度差に最近は歯がゆい思いをしている。

役目ではなく愛からの行為だと――ただ彼女が欲しいから抱いていると、まだ伝えられていない。

皇城でも戦場でも、常に命の危険に晒されて生きてきた。時に敵国を残虐な手段で殲滅《せんめつ》したこともある。ランベールの周囲はあまりにも血の臭いが濃すぎて、温かな感情を育《はぐく》める環境ではなかった。

（だが……この戦が終わったら、必ず伝えよう）

ランベールは、無意識に胸に手をあてた。そこには、彼女が手作りしてくれた匂い袋が入っている。これがあると、心が落ち着く。アルシオーネの存在を感じることができるからだろう。皇宮は心配ない。問題は、ランベールが感じている胸騒ぎだ。何か確信があればこのまま留まることもできるが、ただの勘ではそれも憚られる。

「陛下！　川の水位も通常に戻りました。橋も問題なく渡れます！」

兵士の報告を聞いたランベールは、瞼《まぶた》を下ろして状況を整理する。

川の氾濫で足止めを喰《く》らって二日。その間に、挙兵したパニシャ軍は進軍している。仮にパニシャ軍に城塞を落とされることがあれば、戦は想定よりも難しくなる。

川を越え、目の前にある森林を抜ければ城塞までそう遠い距離ではない。ここでいたずらに時間を割き、軍糧を減らすのは得策ではない。

「進軍を再開する。城塞には再度先駆けを出せ」

「御意」

ランベールは迷いを振り切り、軍を動かすことを選択した。戦場において戦略は重要だが、即断即決も間違いなく求められる。たとえ何かしら敵の罠が仕掛けられていたとしても、粉砕できる自信はある。

進軍を命じると、時をおかずして軍の前方から橋を渡り始めた。

帝国の首都から城塞までは、いくつかの街道や裏道に抜け道が存在する。ランベールはルートごとに軍を分け、それぞれの道から進ませていた。

何かあれば伝令がくるはずだ。胸に過る嫌な予感を押し込め、ランベールが前を見据えたときである。

（なんだ？）

隊の後方から、怒号が聞こえてきた。

ぞわりと肌が粟立つ。

（――敵襲を受けている）

ランベールは長年の経験から、報告が来る前に肌で感じた。

急ぎ状況を確認しようとしたが、辺りは騎馬隊で固められている。そのすべてが前方へ向いているため、すぐに方向転換することができない。

異変は軍全体に伝わっていき、人間の動揺を察知した軍馬が怯えるように嘶く。

「いったい何が起こっている！」

そばにいる兵士に問うも、「わかりません！」と狼狽《うろた》えるのみだった。まだ情報が伝わってこずに、皆が浮き足立っている。自国内で急襲を受けたのだから、当然といえた。

（まずいな……このままでは、勝てる戦も勝てなくなる）

戦場において、冷静さを失えば命取りになる。ランベールは近くの兵士が持っていた軍旗を取り上げ、高々とそれを掲げた。

「帝国軍すべての兵士に告ぐ！　落ち着いて体勢を立て直せ！」

状況が確認できない状態で、自らの居場所を示すのは得策ではない。味方のみならず、敵軍がこちらを目がけて向かってくるからだ。

しかしランベールは、自らが標的になってでも軍を立て直す必要があると本能で感じた。幾度となく戦場で勝利をもぎ取ってきた獣帝が感じた敗戦の匂いがそうさせている。

前方は川で逃げ場はなく、狭い橋を渡って対岸へ行こうにも大隊の移動は時間がかかる。そのうえ川を渡るとなると、敵に無防備な背を向けることになる。

最悪の事態は、川を渡りきったとしても、森の中に敵兵が潜んでいるかもしれないということ。そうなれば、帝国軍は挟み打ちにされる。

（くそっ……）

内心で舌打ちをしたランベールは、その場で声を張り上げた。

「道を空けよ！　背後の敵を討つ！」

実際、今いる位置から後方へ向かうのは難しい。軍馬と歩兵の波に逆流しなければいけないからだ。

それでも、ここで無理をしなければ大勢が決する恐れがある。

ランベールの決意が伝播《でんぱ》し、呼応するようにその場から声が上がる。皇帝が檄《げき》を飛ばしたことで兵士が落ち着きを取り戻し、なんとか空間を作ろうと試みている。しかし、大軍であることが仇《あだ》となり、方向転換できたのは数騎のみだった。

「ついてこられる者は後に続け！」

ランベールの声に応え、騎兵が剣を掲げた。

勝利を諦める選択肢はランベールにない。自分が倒れれば、アルシオーネが悲しむ。そう自惚れるくらいには、彼女の愛情を信じている。

帝国を背負っている男は、大切な者を守るために逆境へ身を投じた。

＊

ランベールの愛馬アルバは、とても賢い馬だった。拙《つたな》い手綱さばきであろうと、まったく問題にせず、アルシオーネを振り落とさないで走ってくれる。

ジャックの言うように、川沿いの道は悪路だったが利用者は少ない。そのうえ一本道だったため、思うようにアルバに駆けてもらうことができる。

（絶対にランベール様のもとへたどり着いてみせる！）

眠っている間に思い出したうちのひとつが、ランベールが矢で射られる姿だ。

皇太后とパニシャが結託し、窮地に陥った彼はそれでも反撃を試みる。

ランベールの指揮で帝国軍は盛り返したが、混戦の中、潜んでいたパニシャの兵士に矢で射られ重傷を負った。

今までは、原作通りに進んでいるところもあれば、違う展開になる場合もある。おそらく、アルシオーネが原作とは違う行動を取り、ランベールに思いを寄せていることで違う未来を描けているのだ。

決まっていた物語の流れに齟齬《そご》が生じている以上、今回の戦もどう転ぶかわからない。この戦が描かれた小冊子で彼は命を落とさなかったけれど、その通りになるかどうかはわからない。むしろ、危険が増しているかもしれない。

（たしか、川の向こう岸と繋がる橋の影からランベール様を狙った兵士がいたはず）

帝国軍が今どれほど進軍しているかもわからない。城塞までたどり着いている可能性もあるが、ランベールが弓を射られたのは川辺だった。おそらく、最初の戦闘は川辺だと見ていい。この道を進んでいけば、帝国軍に行き当たるだろう。

アルシオーネは、好きな人を救いたい一心で彼の愛馬を走らせた。銀糸のような髪は風圧で振り乱れ、常に褒めそやされる美貌は蒼白になり、玉のような汗が浮かんでいる。

一瞬でも気を抜けば意識を失ってしまいそうなくらいに疲労していたが、それでも休もうとは思わなかった。ここで止まれば、身体を再度動かせなくなると思ったからだ。

ランベールに密書を渡し、危機を伝えることができれば自分の身体はどうなってもいい。

切実な思いでアルバとともに駆けていたとき、前方に帝国の紋章入りの外套を羽織った小隊が、馬を走らせているのが見えた。

（あれは、帝国騎士団の軍服だわ……！）

今からランベールのもとへ彼らが向かうのならば、一緒につれて行ってもらうこともできる。ひとりで戦地へ向かうよりも、とても心強かった。

しんがりの人間がアルシオーネに気づき、馬の足を緩める。だが、アルバはほかの馬よりも明らかに速く駆け、前を走る集団にすぐに追いついた。

彼らがその場に留まったのを確認し、アルシオーネも上半身を後方へ倒し、手綱を引いてアルバを止めた。

「帝国の騎士団の方とお見受けします。わたくしは、アルシオーネ・コデルリエ。公爵家の娘です。ジャック・ルキーニ卿から託され、陛下にお知らせしなければならないことがございます。不躾《ぶしつけ》ではありますが、わたくしとともに本隊へ向かってくださいますか」

正式に皇妃として認められていないため、公爵家の家名を名乗る。

身分を証明できるものは何もない。唯一持っているのは皇太后の密書だが、これは他者の目に触れさせるわけにいかない。

もしも身分を信じてもらえない場合は、ひとりで進むことになる。覚悟したアルシオーネだが、騎士たちは馬上で拳を胸にあてて礼をとる。

「アルシオーネ妃……！　私はランベール陛下直属の騎士団に所属し、この隊の指揮官を拝命しましたショーンと申します」

騎士たちは、アルシオーネの顔を見知っているようだった。

皇宮からほぼ出ておらず、皇太后から冠も受け継いでいない。皇妃として公の場に出ていない自分をなぜ知っているのか驚いていると、ショーンが説明してくれる。

「全員ではありませんが、この隊の数名がアルシオーネ様にお会いしています。皇宮入りされた日の出来事は、騎士団の間で話題でした」

皇宮を初めて訪れたときに騎士たちと会い、足を止めて挨拶したことがあった。その場にいた騎士らは、すぐにアルシオーネだとわかったようだ。

「それと、あなた様はアルバに騎乗されている。その馬は陛下以外を背に乗せることがないのは、皆が知るところです」

アルバは、自分の意志で主を選ぶ誇り高い馬で、足の速さだけなら帝国の中でも一、二位を争う名馬だと騎士は言う。

（最短距離を頑張って走ってくれたのね）

アルシオーネはアルバに感謝しつつ、騎士らに告げた。

「城塞がすでに敵の手に落ちているそうです。敵は、帝国軍の本隊の裏に回り込み、挟み打ちにするつもりだと情報がありました」

皇太后のことは、今は言わなくてもいい。そう判断して端的に事実のみを話すと、最初は驚いていた騎士たちはそれでも信じてくれた。

すぐに自分たちのすべきことを把握し、動き始める。

「ひとりは城塞へ向かい様子見を、残りは急いで本隊に合流する！」

ぴりぴりとした緊張感が空気を震わせる。城塞へ向けて斥候を送ると、ショーンがアルシオーネを見遣った。

「アルシオーネ妃は、安全な場所へお連れいたします」

「心遣いに感謝します。ですが、あなた方は貴重な戦力です。わたくしのために人員を割く必要はありません。あとからルキーニ卿も追ってきますし、わたくしに構わず陛下のもとへ向かってください」

「でしたらなおさら、我々と一緒に行動していただけますか？　皇妃をおひとりにするわけにはまいりません。陛下やジャックにも顔向けできませんので」

騎士らの思いは強く、まだ正式にお披露目されていないアルシオーネを皇妃と認めてくれている。

彼らの気持ちをありがたく受け取ったアルシオーネは、ランベールのもとへ急ぐべく騎士たちと馬を走らせた。

＊

急襲を受け、隊列を崩した帝国軍は苦戦を強いられていた。

城塞に向けて前進していたところで、自国内で後方から襲われたのだから無理もない。それに加え、逃げ場のない地形がより帝国軍を苦しめた。

「川を渡った隊はそのまま城塞へ向かわせろ！」

ランベールは馬上でパニシャ兵を斬り捨てながら、自軍に指示を飛ばす。

自国領土内にパニシャ軍が侵入し、こちらを待ち伏せしていたということは、城塞は落ちたということ。この襲撃は、帝国軍の動きがパニシャ側に漏れていた証でもある。

（地形を利用して我々を待ち伏せているとは、舐められたものだ）

ランベールは歩兵や騎馬隊の密集地帯から脱出し、敵兵をなぎ倒しながら後方へ移動していた。

戦での勝敗は単純だ。隊の司令官を討ち取り、軍を殲滅すればいい。

ランベールの強さは、人並み外れた剣技とその無慈悲な戦い方にある。どれだけ策を弄しても、ひとりの傑物にすべてを覆される。それも戦場の理だ。ランベールが『獣帝』と恐れられる理由の一端でもある。

敵軍司令官の居場所はすぐにわかった。自軍の兵士を盾にし、密集地帯から少し離れた場所に陣取っている。

「陛下！　我々が道を開きます！」

激しい剣戟音があちこちで響く中、数名の兵士がランベールを守るように取り囲む。騎士団の人間だ。彼らは器用に馬を操りながら、襲いかかってくる敵歩兵や騎兵を地面に沈めていく。

彼らの命をこの場で散らせるわけにいかない。帝国を、民を守るという強固な信念が、ランベールを獣帝にする。

「絶対に生きてこの場を切り抜けろ！」

ランベールの言葉は、皇帝としての命令ではない。共にこれまで死線をくぐり抜けた者同士の願いだった。

騎士からの返事が聞こえたと同時、真横から突進してきた敵騎兵から重い一撃が振り下ろされる。敵の剣を受けると、皇帝の印が刻まれた剣の柄を握り返して横に目を遣り、鋭い突きを放った。

「ぐはっ！」

切っ先を喉に突き刺すと、馬上から敵兵が落ちる。次々に襲いかかってくる敵兵に向けて血塗られた剣を振り下ろし、屍《しかばね》の山を築いていく。

敵兵の命をほぼ一撃で奪うランベールに、帝国軍の士気は上がり、パニシャ兵には恐怖が生まれる。じわじわと進行方向への道が開き、パニシャの軍司令官を目で捉えた。

ランベールは敵兵を文字通り蹴散らし、強引に突破した。斬り掛かってくる雑兵は帝国軍の騎士たちが引き受け、ランベールの補助をする。

馬を駆り、一気に軍司令官のもとまでたどり着くと、群がってくる敵兵を斬りつけた。ランベールは己の大剣を自在に操り、右へ左へ騎兵をなぎ払った。

「よくも舐めた真似をしてくれたな」

敵軍司令官のもとへ就くころには、甲冑が返り血に塗《まみ》れていた。一方、司令官はといえば、パニシャ軍の甲冑を身につけて騎乗してはいるが、鎧《よろい》にまったく傷がついていない。前線に立つ兵士ではないのが一目見てわかる。

司令官へ冷ややかな一瞥《いちべつ》を投げる。ランベールとは格が違うことは明らかだったが、相手はなぜか余裕を失っていなかった。

「計画したのは皇太后モルガールで、我々はそれに便乗しただけだ。あの毒婦のおかげで、貴様を排除できるのだからこれほど愉快なことはない」

（やはり皇太后か）

パニシャと手を組み、ランベールをこの場におびき出して亡き者にしようとした。もちろん目的は、エヴラールの即位だ。

（愚かなことを……）

驚きはなかった。ただ、静かな怒りで沸々と臓腑《ぞうふ》を焼かれる感覚がする。

敵軍を自国へ引き入れた以上、皇太后がこの戦で皇位争いに終止符を打とうとしているのは間違いない。

ランベールが死ぬか、皇太后を葬《ほふ》るかでしかこの争いは終わらない。

剣の柄を握る手に力をこめると、司令官は朗々と語る。

「毒婦は貴様の妃も殺すつもりのようだ。今ごろは、皇太后の手の者に殺されているだろうが、もったいないことをした。生かしておけば、我が王の慰み者になれただろうに。そうとうな美女だというではないか」

「──黙れ」

アルシオーネに話が及び、ランベールの声に怒りが乗った。

今まで妻を持たなかった理由がここにある。皇城よりも戦地で過ごすことが多いランベールは、常に命を脅かされている状態だ。もし仮に自分が死んだとして、問題はその後。必然的に、妻や子に累が及ぶ。

命を奪われるか、もしくは敵国で人質になるか。女なら、慰み者として手荒い扱いをされることもある。

「たしか公爵家の娘だったか？　ここで貴様と顔を合わせるよりも、皇城へ行けばよかったな。あの毒婦に殺される前に、味見してやったものを」

「忠告はしたぞ」

怒気を孕《はら》んだ声を上げたランベールは、渾身《こんしん》の一撃をお見舞いするために剣を一閃《いっせん》させた。

しかし敵将は攻撃を受け流し、嘲笑を浮かべる。

「これは面白い。ベントラント皇帝も妃のことになると我を失うか」

相手の下衆《げす》な挑発に乗った自覚がありながらも、ランベールは怒りが全身に巡るような感覚を覚えつつ剣を振るう。

ジャックがついているからアルシオーネは無事だ。しかし、そうとわかっていても、彼女の危機を知らされれば心穏やかではいられない。

自分が生きている限りは――いや、たとえ死したとしても、彼女をほかの男に辱《はずかし》められるような状況にはしない。

ランベールは、疲労と返り血で重くなった剣を相手に向けて思い切り振り下ろす。

身体の疲れは少しずつ理性を奪い、本能が剥《む》き出《だ》しになっていく。こうなると多少斬り掛かられたところで痛みは感じない。ただ、目の前の敵を蹂躙《じゅうりん》するためだけの兵士となって、神経が研ぎ澄まされていく。

獣帝――その異名は伊達ではない。本能の赴くままに攻撃し、相手が絶命するまで剣を振り続ける凄惨な戦い方をするからだ。

「ぐあっ！」

ランベールの攻撃に耐えかねた司令官が、馬上から落ちる。間髪容《い》れずその頭上に剣を突きつけたところで、相手を見下ろした。

「パニシャが皇太后と通じていようが、これ以上我が国に手だしはさせん」

「ま……待ってくれ！　皇太后がパニシャと通じていた証拠を渡す！　だからこの場は剣を収めてくれ……っ」

「そんなものはどうでもいい。手を組んだ相手をすぐに裏切る人間に耳を貸すつもりはない。潔く首を差し出すがいい」

「は……ははははっ！　私の首を取ろうとも、貴様は城に戻ることはないぞ！」

なぜかランベールの死を確信しているかのような言動に、嫌な予感が脳裏を掠める。

(何を企んでいる？)

周囲に視線を走らせたそのときである。

「ランベール様！　右です……っ！」

聞こえるはずのない女性の凛とした声が、怒号と剣戟に満たされたその場で鮮明に耳に届く。考えるよりも先に身体が動いた。ランベールが首だけを右へ向けると、木々の間から数名のパニシャ兵がこちらに向かって矢を構えている。

身構える前に、敵兵の放った矢がランベールを襲う。しかしそれらをすべて剣でなぎ払い、矢を構えている敵兵たちへ向けて馬を走らせた。

司令官の奥の手は、この弓矢部隊だったのだ。ランベールを討つために隠れさせていたようだが、存在が明らかになれば脅威ではない。

馬上から飛び降りたランベールは、その勢いで剣を閃《ひらめ》かせた。不意をつかれなければ、複数の兵士を相手にしようと物の数にも入らない。

わずかの時を経て弓矢部隊を全滅させたところで、帝国軍の騎士らが司令官を拘束しているのが見える。

(終わりだな)

ランベールの読み通り、司令官を拘束したところで戦況は帝国軍に傾いた。司令官を奪還しようと敵兵が奮起するが、すぐに戦線に戻ったランベールがそれを阻む。

途中から参戦した別ルートを辿っていた中小隊、それに、白馬に乗った『死神』も合流し、残党処理としては贅沢すぎる使い方になった。

「ランベール様……！」

アルバの背に乗り、泣きそうな顔でランベールに駆け寄ってきたのは、アルシオーネだった。

普段は美しく梳かれた髪は乱れ、顔色がひどく悪い。身につけている外套も木々の葉がついて薄汚れ、一見しても公爵令嬢には見えない身なりだ。

だが、それでも彼女の清廉な美しさは損なわれない。その場にいるだけで、聖女が地に舞い降りたと思うほどに。

「アルシオーネ……なぜここに」

馬を下りたランベールは、彼女のもとへ歩み寄る。差し出した手を握ったアルシオーネは地面に降り立つと、大きな瞳に涙を浮かべた。

「無事で、よかったです……」

「そなたのおかげだ。あの声がなければ、私は致命傷を負っていたかもしれない」

アルシオーネの声は、まっすぐにランベールに届いた。けっして声量が際立っていたわけではないにもかかわらず。まるで奇跡のようだった。

「わたくしは、そうならないためにここまで来たのです。みなさんのお力で、ランベール様をお守りすることができました」

この場に来るまでに、どういう経緯があったのかを聞きたい気持ちはある。だが今はそれよりも、彼女の無事を確認できたことに安堵する。

アルシオーネもまた、ランベールの無事を心から喜んでいた。

（俺を守ると言った言葉を、実行するとは……）

「まったく、我が妃はたいしたものだな」

互いに語りたいことが多々あることも察していたが、言葉にするよりも先に、吸い寄せられるように抱きしめ合う。

戦場でも美しいアルシオーネ。彼女がこの場に二度と立つことのないようにしなければならないと、ランベールは心に刻むのだった。

第六章　愛の溢れる未来をあなたと

パニシャの軍に旧フリア王国城塞を一時占拠されたが、それも数えればほんの数日間のことだった。

川辺で急襲された帝国軍は、パニシャ軍を制圧したのちに城塞へ向かった。城塞の内側にいた敵兵は、自軍の敗戦と『獣帝』、および、『死神』が揃って参戦していることを知ると、城塞を捨てて自国へと逃走している。

ランベールは城塞の司令官に騎士団の精鋭を置くと、すぐに皇城へと舞い戻り、皇太后モルガールを捕縛。申し開きの場も与えず、城内の地下牢《ちかろう》へ拘束している。罪状は、皇太后という地位にありながら敵国と通じた背信行為だ。

（……まさか、このような形でお会いするなんて思わなかったわ）

大国パニシャとの交戦からひと月後となる今日、皇太后の処遇が決定する皇室裁判が行われようとしていた。

現在アルシオーネは、皇城の敷地内にある議場の中にいる。

皇族のみが許された二階の座席に腰を落ち着けると、複雑な思いで議場の中央にいる皇太后モルガールを見遣った。

出陣式のとき遠目に見ただけで、モルガールと直接顔を合わせたことはない。だが、今の皇太后は、輝かしい冠とドレスに身を包んでいた姿が幻であったかのようにやつれていた。頬は痩《こ》け、髪にも艶はなく、瞳も虚《うつ》ろだ。

（こうも変わってしまうのね……）

今までの華やかな生活から一転し、牢獄《ろうごく》暮らしとなったのだから、変貌も無理からぬことだろう。

皇家に属する人間が罪を犯した場合、皇帝と皇族、それに三大公爵家と任意で選ばれた高位貴族が揃う場で裁かれるのが、ベントラント帝国の法であった。

議場の中央には罪人が、左右の座席には貴族とエヴラールが、そして罪人の正面、階段の先にある皇帝の椅子に座し、その場を見渡しているのが皇帝ランベールである。

皇帝派の貴族とエヴラールは右に、皇太后派と生家のロッシュ家の当主が左にそれぞれ座っている。モルガールの処遇を決める場でありながら、皇帝派と皇太后派の対決の様相を呈していた。

「皇太后モルガール。そなたは敵国と通じ、第二皇子エヴラールを皇位に据えるために私を亡き者にしようとした。相違ないいな」

モルガールは答えなかった。しかしランベールは、粛々と彼女の罪を暴き立てる。

「第二皇子エヴラールより、皇太后がパニシャにあてた密書を預かった。ここには、此度の戦での皇太后の裏切りが克明に記されている」

それは、アルシオーネがエヴラールから託された密書、および、その後の捜査で発見されたパニシャと交わした文書の数々だった。

ランベールを亡き者にするため、城塞の司令官を自身の手の者にすげ替えたうえに、パニシャ軍を引き入れたこと。皇帝を葬ったのちに、自身の息子エヴラールを皇位に就けること。旧フリア王国城塞は、パニシャへ引き渡すことなどが記されていた。

罪状が明かされると、帝国の皇太后としてあるまじき所業に、議場にいた貴族がざわついている。

『第二皇子も皇太后の企みに加担したのではないか』と、エヴラールに遠慮のない視線が向けられる中、ランベールは片手を上げてそれらを制し、モルガールを見据えた。

「しかし、皇太后が皇位に据えようとしていた第二皇子——我が弟エヴラールは、皇位に就くつもりはないと言っている。今回も、皇太后の企みを知らせてくれている。エヴラールの働きがなければ、パニシャ軍の侵攻を食い止められなかっただろう」

第二皇子の潔白を皇帝自ら示したことで、貴族から非難の声が上がることはなかった。

ランベールの言葉を受けたエヴラールは立ち上がると、皇帝に臣下の礼をとる。

「私は皇帝陛下のおっしゃるように、皇位に就くつもりはありません。ですが、母である皇太后が許されない罪を犯したのは、私の存在があったからでしょう。その責任は取りたいと思います」

エヴラールの視線が皇太后へ向き、次にランベールへと移動した。

「ここで陛下にお願いがございます。私はこのたびの皇太后が犯した罪を厳重に受け止め、皇位継承権を放棄いたしたく存じます」

議場にふたたび動揺が広がった。中には皇太后派の貴族もいたため、エヴラールへ発言の撤回を求める声が上がっている。

「控えよ」

その場の混乱をひと言で収めたランベールは、エヴラールを見据えた。

「本当にいいのだな?」

「はい。二心なく陛下にお仕えすると証明したく存じます」

堂々とエヴラールが答えると、ランベールが大きく頷く。第二皇子が皇位継承権放棄を公に宣言し、皇帝が認めた瞬間だった。

(よかった。これで殿下が責任に問われるのを避けられたわ)

アルシオーネが安堵したのもつかの間、議場のざわめきを切り裂くような声が上がった。モルガールである。

「な、何を言っているのですかエヴラール……っ！　わたくしがあなたに皇位を継がせるために、今までどれだけの犠牲を払ったと思っているのです！」

「それは、私が望んでいたわけじゃない」

冷ややかに母親を見遣ったエヴラールは、どこか悲しげに目を伏せる。

「自分の息子を皇帝にと考えたのでしょうが、私はあなたの悲願を叶えるための人形ではない。私の罪は、今まであなたの暴挙を見ないふりをしてきたことだ！」

「っ、今さら何を……！」

「それにあなたは、人として越えてはならない一線を越えてしまった」

実の母を告発するエヴラールは、何にも怯《ひる》まない強さを備えていた。

母子の問答を無言で眺めていたランベールは、エヴラールのとなりに座っている人物に視線を投げる。

「ここで、モルガールの犯した罪をもうひとつ明らかにしよう。宰相フェルナン・コデルリエ、発言を許す。この場ですべてを明かすのだ」

皇帝の命を受けたのは、アルシオーネの父だった。フェルナンが立ち上がると、そのとなりにいた兄のセドリックも同じように腰を上げる。

「発言の機会を頂戴し感謝いたします。まずは、皆様にお知らせしたいことがございます。――私の娘で現在皇宮に居住するアルシオーネは、皇宮入りの直前に毒殺されかけました」

　衝撃的な宰相の発言に、その場の空気が凍り付く。

「公爵家で毒殺されかけたとは……いったいどういうことだ？」「そういえば、アルシオーネ嬢の皇宮入りが延期の話もあったな」

　口々に驚きを露《あら》わにする貴族たちに、フェルナンは淡々と事実を並べる。

「実行犯は、当家の毒味役を十年務めていた使用人でした。姿を消したため急ぎ行方を追ったところ、数日後に無残な姿で発見されています。私はこの事件に裏があると考え、陛下のご許可をいただき息子とともに調べておりました」

「いったい、あなたたちはなんの話をしているというのです？　くだらない話よりも、先ほどのエヴラールの発言の取り消しを求めるわ。議事録から削除してちょうだい！」

　モルガールに発言を遮られるも、フェルナンは動じなかった。

「我が娘が毒殺されかけた事件を、くだらないと申しましたか。皇太后はずいぶんとコデルリエ家を軽んじていらっしゃる！」

　普段温厚なフェルナンの怒気に、議場がしんと静まり返る。しかしモルガールだけは、まだ自分の立場を誇示するように胸を張っていた。

「皇太后たるわたくしが、貴族の前で辱めを受けているのです。毒殺されかけたと騒ぎ立てていますが、生きていたのだからよいでしょう。犯人も亡くなったなら、解決したのではなくて？」

「皇太后は、どこまでも厚顔でいらっしゃるようだ。ですが、これを見ても同じことが言えますか」

フェルナンは冷ややかに言い放ち、持っていた書類を高々と翳《かざ》した。

「ここには、皇太后が娘の毒殺に関わった証拠が記されています！　陛下、どうぞご覧ください！」

皇帝の傍らに控えていた騎士が、フェルナンから書類を受け取る。騎士から証拠書類を手渡されたランベールは、書類に目を通し始めた。

フェルナンは、事件で使用された植物の種子を特定していた。

毒殺に使われたトウゴマは、皇太后の生家であるロッシュ家が他国より輸入しているものだった。この国では流通を禁止されている植物だが、密輸の証拠を掴んだのである。

あらかじめフェルナンから証拠の内容を聞いていたアルシオーネは、一連の流れを固唾を呑んで見守っていた。

父と兄は、毒味役殺害の犯人についてずっと調べていた。当初は証拠がないと思われていたが、皇太后が毒味役の口封じを依頼した密書が出てきたのだ。

それは、皇太后から殺害を以来された暗殺者が、自らの保身の担保として残していた証拠だった。フェルナンたちが密書を見つけたのは、大国パニシャとの戦を回避しようと動いていた最中で、ランベールの指示により極秘裏に動いていたという。

「証拠をねつ造してまでわたくしを陥れようというのですか！」

モルガールが声を荒らげる。すると、ことの推移を見ていたランベールが、それまでよりも低い声で言い放つ。

「控えよ！　このほかにもすでに証拠は挙がっている。そなたが生家のロッシュ家の伝手を頼りに、罪を重ねていたことは調べがついている。時間をかけて精査した証拠をねつ造だと言うのなら、根拠を述べよ！」

「っ、わたくしが邪魔なのでしょう。だから、ありもしない罪を被《かぶ》せようと……」

「そなたが邪魔なだけであれば、とうの昔に始末していた」

ランベールは、これまで皇太后を放置していたのは、被害を受けていたのは自分のみだったからだという。

しかし、騎士や使用人を理不尽に扱い、挙げ句、アルシオーネを毒殺しようとしたうえに実行犯を殺害した。

「モルガール・ロッシュ。そなたは息子の声に耳を傾けるべきだった」

ランベールは、皇太后、とは呼ばなかった。皇家とは切り離すと言外に表すと、唇を戦慄《わなな》かせているモルガールに告げた。

「そなたは皇太后位を剥奪のうえ、終生幽閉の刑に処す。なお、ロッシュ家については、公爵令嬢毒殺未遂に公爵家毒味役殺害、および、敵国との密通に加担した者に厳罰を与えることとする。追って沙汰を待て」

「お待ちください、陛下！　此度の事件はすべてモルガールの独断で行われたことで、ロッシュ家にはまったく関わりのないことにございます！」

ロッシュ家の現当主で、モルガールの実弟が声を上げた。ランベールは周囲が震え上がるほどに美貌を険しくさせ、当主を睨む。

「今回毒殺未遂に使用されたトウゴマを密輸していたのはおまえたちだろう。それも、モルガールの独断だと？」

「陛下のおっしゃる通りにございます。――恐れながら、我が家門は皇家に対し二心なしと証明いたしたく」

ベントラント帝国の三大公爵家で、外交を担っているロッシュ家。当主の外交手腕は、ランベールも認めるところだという。

本来であれば要職を解き、爵位も返上させたうえで家門を断絶するところだが、おそらく当主の罪はある程度減じられる。

なぜなら、エヴラールと同じように、『皇太后の過ちを知っていながら目を瞑《つぶ》っていた』ことが一番の罪であり、モルガールの行いに直接加担していたわけではないからだ。

「わ……わたくしは、なんのために今まで……っ」

実の弟からも見捨てられ、その場に立ち尽くしたモルガールは、縋《すが》りつくような視線を息子へ向けた。

「エヴラール！　母を、わたくしを助けなさい……っ！」

「モルガール・ロッシュ。もう私とあなたは母と息子ではない。――斬首にされないだけありがたく思うことだ。陛下の温情に感謝するといい」

皇太后の最後の希望が絶たれた瞬間だった。

常に支配下に置いていると思っていた息子の言動がよほど衝撃だったのか、モルガールはその場に膝をつく。

その様子を眺めていたランベールが、衛兵に命じた。

「連れて行け」

「いや……いやあああああ……っ」

モルガールの絶叫が議場に響き渡る。それが、アルシオーネが皇太后を見た最後の姿になった。


その後、帝国民に向けて皇室から公式発表があった。

皇太后は、病気療養という形で決着がつき、エヴラールの皇位継承権の放棄も同時に発表されている。

エヴラールの決断は、一時国民の口の端にのぼったが、皇帝ランベールの婚姻発表により、皇太后や第二皇子の話題はすぐに忘れ去られた。

ランベールとアルシオーネがようやくふたりの時間を取ることが叶ったのは、モルガールが議会で断罪されて半月後のことである。

「パニシャ軍との交戦から一カ月半以上、そなたとはほぼ一緒に過ごせなかったな」

「戦や元皇太后の事件で、ランベール様はお忙しかったですから」

晩餐を終え、ふたりで皇妃の間のソファで寛ぎながら、ランベールが苦笑する。

ランベールのみならず、父のフェルナンや兄のセドリック、それに、ジャックやエヴラールといった人々は、皆、それぞれの立場で多忙を極めた。

中でも大変だったのは、パニシャとの交渉にあたったフェルナンだろう。

旧フリア王国の王族を旗印に掲げていた彼の国は、モルガールと結託して帝国の領土を侵したのみならず、城塞にいた一般人に手をかけている。

それだけに留まらず、王族が生き残っていたという話も結局は虚言だった。これは、ロッシュ家の当主により齎された情報だ。

当主は、皇家への忠誠の証として領地の一部を返還した。そのうえで当主は息子にその座を譲り、自身が今まで有していた情報網をランベールとコデルリエ家、ルキーニ家へ移譲している。

ロッシュ家当主の情報を使い、フェルナンはパニシャ側に此度の戦で被災した城塞の保証を迫り、偽の王族を掲げて戦を仕掛けてきた責任を問うた。全面戦争も辞さない構えだったが、現パニシャ国王の退位で話を纏めている。

次期国王となるパニシャの第一王子は聡明な人物で、戦よりも対話による外交を望んでいるという。今後交流を深めていけば、パニシャとの緊張関係もいずれ解消できるとフェルナンが語っていた。

「まだ問題はあるでしょうが、ひとまず丸く収まりましたね」

しみじみと感じていると、不意にランベールに肩を引き寄せられた。

今晩は久々にゆっくりふたりで過ごそうと、互いに早めに夜着になっている。初夜からしばらく身につけていた透ける素材ではないが、薄衣であることに代わりなく、彼と密着すると鼓動が高鳴ってしまう。

アルシオーネの心中を知ってか知らずか、ランベールは耳もとに唇を寄せてきた。

「我が妃が私の命を救ってくれたからだ。アルシオーネ……戦場でそなたの姿を見たとき、どれだけ驚いたかわかるか？」

「あ、あのことは、もうお話したじゃないですか」

――ひと月半前。ランベールの危機を救うことができたのは、自分ひとりの力ではなく、騎士たちやジャックの働きが大きい。

（自分ひとりでは、悲劇を回避できなかった）

すでにこの世界は、『早都子』が読んでいた原作とは中身が違っている。一番大きな変化は、斬首となるはずだった皇太后とエヴラールが生きていること。そして、パニシャとの関係に希望が見えていることだろう。

少しずつ行動した結果、原作で描かれた道筋が変わっている。悲劇を回避するために皇宮入りしたアルシオーネにとって、これほど嬉しいことはない。

（原作を変えたことで、この先何が起こるかはわからない。でも……）

今、アルシオーネは自らの意志で本の中の世界を生きている。原作をなぞるのではなく、自らの物語を紡ぎ出していけばいい。それは、前世の人生となんら変わりない。

そして、となりには彼がいる。自分のすべてを懸けて、幸せになってもらいたいと思える相手。

「わたくしは、これまでもこれからも、ランベール様をお守りします。できることは少ないかもしれませんが、頼りになる方々が周囲にはたくさんいますから」

アルシオーネが微笑むと、ランベールに頬を撫でられた。無骨な指のぬくもりが、心の底から愛しい。

「私も、この命有る限り、アルシオーネを守ると誓おう」

顔を近づけてきたランベールは、どこか緊張しているような複雑な顔をした。

「ひとつだけ頼みがある」

「なんでしょうか」

ランベールから頼み事をされるのは珍しい。彼は、大概のことは自分ひとりで処理してしまう。幼いころから命を狙われ続け、人に信を置くことができなくなった孤高の王。そんな彼に願いがあるのなら、何をおいても遂行するつもりだ。

（わたしでも、お役に立てることがあるんだわ。全力で叶えてみせる！）

期待に胸を膨らませたアルシオーネだが、次に続く言葉はまったく予想していないものだった。

「今すぐとは言わない。いつかで構わないから、私を愛してほしい」

「え……それは、どういう意味でしょうか……」

「そなたは、皇帝として私を敬愛してくれているのはわかっている。だからこそ、危険を顧みず皇宮入りし、世継ぎの誕生という役目をまっとうするため私と肌を重ねてきたのだろう。それどころか、守るという言葉に違わず戦場にまで駆けつけてきたな」

一語一語を噛《か》み締《し》めるように告げたランベールは、アルシオーネの両手を握り、自身の口元へ持ってきた。

「今は、忠誠心からでもいい。だがいずれは、心から私を望んでほしい。アルシオーネの愛を私に与えてくれないか」

彼はアルシオーネの指先に口づけ願い乞う。

予想外の台詞に、アルシオーネは頭の中が真っ白になった。しかし、次の瞬間、彼の胸の中に飛び込むと、自身の気持ちを舌にのせる。

「わ、わたくしは、もうとっくに……ランベール様を愛しています」

恋を自覚してから、そう時は経っていない。だが、彼とは濃密な時間を過ごした。

この人を幸せにしたいと、ともに生きていきたいと願ったのは、敬愛からではない。ランベールを愛しているからだ。

自分が彼に抱く感情は、ほかの人には持てない。その確信がアルシオーネにはある。

「ランベール様は……わたくしを愛してくださいますか……?」

アルシオーネが尋ねると同時に、ランベールは強引に唇を重ねた。

彼の舌が口内に侵入し、柔らかな粘膜を舐っていく。挿し込まれた舌はとても熱く、擦りつけられるたびぞくぞくした。ここしばらく触れ合えていなかったせいで、ランベールのぬくもりに飢えていたのだと思い知る。

「ふ、ぁ……っ」

舌を搦め捕られ、口腔で唾液をかき交ぜられると、体温がゆるやかに上昇する。耳の奥に響く卑猥な音でも欲情をかき立てられた。彼に口づけられるといつもこうだ。舌の動きに翻弄され、なされるがまま身体の力が抜け落ちる。

「ランベール、様……」

息継ぎの間に彼を名を呼ぶと、優しく髪を撫でられた。

「愛している、アルシオーネ」

愛の言葉とともに、ふたたびキスをされる。

すっかり肌が火照り、自覚できるほど頬が熱かった。ランベールの言葉の意味を咀嚼すると、鼓動が速くなる。

彼が愛してくれているのは、重ねた肌や態度から感じていた。それでも、こうして直接告げられるまでは、公爵家の娘を大事にしてくれているだけかもしれないと不安だったが、自分の気持ちよりも悲劇を回避することを優先した。

原作では愛を交わすことはなかったが、こうして互いに想い合うことができた。

「わたくし……幸せです」

唇が離れると、アルシオーネは喜びの涙を浮かべ彼を見つめる。

この上ない幸福感を覚えていると、ランベールがふと口角を上げた。

「それは私の台詞だ」

「あ……っ」

夜着の釦を強引に外され、乳房がまろび出た。つんと尖《とが》った胸の先端に舌を這わせられ、そこを吸引される。もう片方は二本の指でこりこりと扱かれ、いやらしく芯を持ち始めた。

胸から広がる切ない疼きは、彼に覚え込まされた快感の印だ。ランベールに求められると、身体が淫らに拓いていく。

「何度言っても足りない。アルシオーネ、愛している」

顔を上げたランベールは視線を合わせ、今までの分だとばかりに愛を伝えてくれた。

思っていたよりもずっと強い彼の気持ちを感じ、アルシオーネの心が満たされていく。

「アッ……ん、やっ、ぁっ」

乳首に歯を立てられ軽く噛《か》まれると、甘い声が漏れる。ただでさえ性的に触れられるのは久しぶりなのに、愛を告げられながら愛撫を施されてはひとたまりもない。

胸のふくらみに指を食い込ませたランベールは、乳首を押し出すように揉みながら、交互にそこを舐めしゃぶった。

彼の唾液に濡れた乳頭が部屋の明かりでてらてらと光っている。淫猥な光景を目にし、胎の中がずくずくと熱を持つ。足の間からは蜜液が滲み、だんだんと男を受け入れる女の身体に変化していく。

(こんなに幸せでいいのかしら……)

彼の愛戯に酔いしれていると押し倒された。

ランベールはアルシオーネの夜着を引き裂くように脱がせると、下腹部へ指を忍ばせる。

和毛《にこげ》を撫でられてびくりと反応し、羞恥で顔を逸らすと、伸し掛かってきたランベールが感じ入ったように囁きを落とした。

「戦場で、そなたの顔が思い浮かんだ。そんなことは初めてだった」

「あ……っ」

唾液に塗れた胸の突起の近くで話されて、呼気がそこへ吹きかかる。ぴくぴくと身を震わせるアルシオーネの様子を眺めながら、彼はふと笑みを零した。

「愛を伝えられて、ようやく本当の夫婦になれた気がする」

勃起した乳首に舌を伸ばした彼はそこを舐めながら、恥丘で遊ばせていた指を足の付け根に到達させた。

濡れそぼる花弁を擦り立てられ腰が浮く。すると今度は、恥肉を分け入り、淫蕾を暴かれた。蜜を纏った指でいやらしく往復され、蜜窟が淫熱を蓄えていく。

「は、ぁっ……ンッ、は……」

どこに触れられても心地よく、欲望がどんどん膨らんでいく。

彼はそんなアルシオーネの状態を知っているのか、ことさら執拗《しつよう》に乳首を舐《な》め回した。

じわじわと浸透してくる快楽は、胎内に淫らな変化を齎した。膣道がひくつき、蜜孔は空気を求める唇のごとく開いている。

気持ちいい。もっと深く繋がりたい。そんな願いに思考が支配されている。

(わたし、ランベール様が欲しくてたまらなくなっている)

気持ちが重なったことで愉悦が高まっているのだ。はしたないと思うが、それ以上に彼を強く欲している。

ランベールは乳首を咥え、淫芽をいじくっていた指を蜜口へ挿入した。

「ん、あぁっ……！」

キスや胸への愛撫で蕩けていた淫口は、たやすく指を受け入れた。唇で乳首を扱かれ、指の腹で媚壁を擦られると、ぴりぴりと内奥が痺れてくる。刺激を求めるように微動しているそこは熱くなり、全身が淫らな欲に塗れていた。

肉襞を押され、くちゅくちゅと音が鳴る。羞恥を感じる余裕もなく乳頭を吸引されたアルシオーネは、我慢ができずに訴える。

「ランベール、様……ッ、ここで、これ以上……は、あっ」

もつれた舌で告げる間も、嬌声が止まらない。彼の舌と指に追い詰められて、全身が総毛立っている。

アルシオーネの声を聞いたランベールは、そこでようやく顔を上げ、肉洞を埋めていた指を引き抜いた。

「ここが嫌なら、寝所へ行くか？」

「は……い」

素直に答えると、立ち上がったランベールに腕を掴まれ引き立たせられる。

キスを交わして寝台へ向かう間に、彼は自身の衣服をすべて脱ぎ捨てていた。

寝台に押し倒され、互いに生まれたままの姿で見つめ合う。

彼の鍛え上げられた筋肉は、芸術的な美しさだ。引き締まった腰も、足の間でそそり立つ肉茎も雄の色気を湛えている。

ランベールに視線を注がれるだけでも、蜜孔からはとろとろと愛液が流れ落ちていきシーツを濡らす。もじもじと膝を擦り合わせたアルシオーネだが、膝頭に手をかけられて左右に開かれてしまう。

「あ……っ」

「いやらしく熟れて美味そうだ」

ランベールの赤い舌が恥部に触れ、濡れた花弁をぺろりと舐める。舌の感触だけで中から零れた淫水が股座を濡らし、尻の穴まで垂れ流れる。

感じていることが恥ずかしいのに、身体は彼の愛撫を悦んでいた。舌の動きに合わせて媚肉がひくつき、最奥を切なく疼かせる。

「ランベールさ、っ、あぁぁっ……」

ぬるついた舌先が、淫口にねじ込まれ、アルシオーネの顎が跳ね上がる。

柔らかな舌は、指とはまったく違う触感だ。ぴったりと内壁に密着し浅い部分を行き来されると、腹の内側が切なくなった。

淫悦を逃したいのに、彼の手に内股を押さえつけられてそれもできない。アルシオーネはただただランベールの舌技に溺れることになった。

蜜孔をぬるぬると擦られると、花蕾が疼き膨れていく。すると彼は、花芽の根元を器用に指で押し擦る。

「ひ、ぁっ、やぁっ……！」

快感の塊を愛撫されたことで、全身が小刻みに震えた。何をされても、気持ちよさしか感じない。ランベールの意志のまま性感を高められ、骨の髄まで痺れるような感覚を味わった。

「らっ……ラン、ベール……さ、ま……もう、っ……」

彼が早く欲しい。浅ましいと思うものの、昂ぶった身体をどうにかしたい。この淫らな熱を治められるのは、ランベールだけだ。

「私も、もうこれ以上は我慢の限界だ」

身体を起こした彼は、アルシオーネの左右の膝裏を両手で押さえた。

鈴口から流れ落ちた先走りが、脈打つ太棹を淫猥に濡らしている。彼の欲望を目にしてぞくりとしたとき、割れ目にあてがわれた剛直で花弁を捲るように擦られた。

淫蜜と先走りが混ざり合い、ぬちゅりぐちゅりと恥ずかしい水音が室内に響く。直接彼の熱を感じたことにより期待感で内奥が潤み、知らずと内股に力が入ってしまう。

「っ、は……挿《い》れるぞ」

ランベールが切なげな吐息をついた次の瞬間、逞しい欲塊が蜜孔に突き入れられた。

「あ、ぁああ……！」

肉傘が潤みきった蜜孔に吸い込まれると、快楽で視界が歪んだ。雄槍の侵入を悦んで受け入れた淫窟は、脈打つそれに絡みつく。彼の形を覚えているかのような胎内の反応だ。互いの粘膜が結合し、身体の芯から蕩けていく。

ぐっと体重をかけて腰を進めた男は、最奥に到達すると息をついた。

「もう何度も抱いているのに、いつもそなたに飢えている気がする」

苦笑交じりに呟かれ、胸がときめいた。

「わたくしも……っ、同じ、気持ちです……んっ」

好きだから――愛しているから、互いに求めてしまうのだ。

世継ぎを産むという務めでも彼に抱かれるのは嬉しかったが、両想いで身体が繋がる幸福感には敵わない。

知らずと笑みを零すと、彼が微笑み返してくれる。

「私の妃は生涯アルシオーネだけだ」

熱のこもった声で告げたランベールは、豊乳を鷲づかみにし、思い切り腰をたたき付けてきた。

「んんっ、ぁああ……っ」

膨張した肉塊でごりごりと蜜壁を削られる。長大な彼自身は少し動くだけでも媚肉が捲れてしまいそうなくらいに内部を圧迫し、アルシオーネを攻め立てる。

「気持ち、い……んっ、ぁっ」

強烈な淫悦に襲われ、普段なら口にしない言葉が漏れてしまう。蜜筒は貪欲に雄肉を引き絞り、己の反応でぞくぞくと打ち震えた。

「アルシオーネが感じる場所は、すべてわかっている。だが、まだ好《よ》くなれそうだな」

ぎらつく瞳で見下ろされたと同時に、大きな手で乳房をもみくちゃにされた。そうかと思えば勃起した乳首を強く捻られ、疼痛で身悶える。

「腰が揺れているぞ。強くされるのが好いのか？」

「や……ぁっ、意地悪なこと、聞かないで、くださ、ぁっ！」

「無理だ。ずっと求めていた愛を与えられて浮かれている」

声に愉悦を滲ませたランベールは、自身を限界まで引き抜いた。肉襞が引っ張られる感触とともに、ずるり、と淫音がする。身震いしたアルシオーネがひと息つこうとしたとき、肉茎が最奥まで沈められた。

骨に響くほど重い突き上げで息が詰まる。だが、恐ろしいほど気持ちいい。

頤《おとがい》を反らせながら彼を見上げると、ランベールは美貌に汗を滴らせていた。一心不乱に腰を振り、欲望をぶつけてくる。

浮かれている、と彼は言った。アルシオーネが幸せを感じているのと同じくらいに、彼も幸福を得ているのだ。

「は、ぁっ……アルシオーネ……っ」

彼の額から汗が流れ落ち、アルシオーネの肌に落ちてくる。

余裕のない表情と声で名を呼ばれると、胸がぎゅっと鷲づかみにされたように苦しくなる。

この愛しさをどうにか伝えようと、アルシオーネは腕を上げた。筋肉質な彼の肩に触れ、ふわりと笑う。

「ランベール様……愛しています……あなただけを、永遠に」

譫言のように告げると、彼と視線を合わせる。すると、一瞬息を呑んだランベールは、膝裏から腕を抜き、アルシオーネの手を敷布に縫い止めた。

しっかりと指を絡め、限りなく優しい笑みを返される。

「私も永遠を誓おう。私の心は、生涯アルシオーネだけのものだ」

快楽に濡れた声で告げられて見惚《みと》れたのもつかの間、雄茎を最奥に押し込まれた。

肉棒の先端で子宮口をごつごつと掘削され、まるで壊れた人形のごとくびくびくと腰が撥ねてしまう。

「あぅ……っ」

喜悦の粒が体中に駆け巡り、呼吸すらできないほどに乱れ啼《な》く。

「愛している。これからは、何度でもそなたに伝えよう」

「嬉し……で……んぁあっ」

アルシオーネのまなじりに喜びの涙が浮かぶ。その間も結合部から聞こえる水音が大きくなっていき、忘我の境地で首を振る。

逞しい彼自身で激しく粘膜を摩擦されると、ずちゅっずちゅっ、と粘着質な音を奏でる。なされるがまま貫かれ、間断なく注ぎ込まれる快楽で視界が薄れた。

彼はアルシオーネの豊かな胸の膨らみを押しつぶすように抱きしめると、いっそう激しい抽挿をする。

腰を捻《ね》じ込まれるたびに彼の下生えと陰核が擦れ、淫肉がきゅうきゅうと蠕動する。腹の内側が波を打ち、アルシオーネは強い絶頂感を堪えるように広い背中に腕を回す。

「ランベール……ぅっ、んんっ」

熟れきった媚肉がびくびくと痙攣する。雄肉を引き絞るように胎内が蠢き、無意識に彼の背に爪を立てた。

「あ、あっ、ぁあああ……っ――――！」

「く、っ……！」

ランベールが低く呻くと、内部にいる彼自身がひと際硬く猛《たけ》った感覚がした。刹那、最奥に熱い飛沫《しぶき》が浴びせかけられる。

「っ、は……」

彼の吐精はなかなか収まらなかった。力強く脈動した雄肉が、びゅくびゅくと女筒の中へ白濁を散らす。しかし、蜜孔から漏れるほど大量の精を放ったにもかかわらず、ランベール自身はまだ漲ったたままだった。

「もう少しだけ、このままでいてくれ」

アルシオーネの身体を強く抱きしめながら彼が言う。小さく頷くと、ランベールと愛を交わした喜びにしばし浸っていた。

エピローグ

結婚式当日は、天に祝福されるかのように快晴だった。

皇城の敷地内にある大聖堂の扉の前に立ったアルシオーネは、美しい笑みを浮かべて隣に立つランベールを見つめた。

（こういう心境は、なんと言うのだったかしら……あっそうだわ。〝尊い〟だったわね）

彼はいつもの黒の軍衣ではなく、式典用の正装姿である。金の肩章と胸元にある戦功を称えるいくつもの徽章は、ランベールが歩んできた道のりを表すもので、目にするととても誇らしい気持ちになった。

「どうした？」

「いえ……ランベール様がとても素敵で、見蕩れていました」

「そうか？　私はそなたの美しさに目を奪われているが」

大聖堂の扉の前で交わす会話もとびきり甘い。それもそのはずで、今からまさに挙式が執り行われるからだ。

今日は、朝からずっと挙式のための準備に追われていた。侍女をはじめとした使用人たちが力を合わせ、アルシオーネを飾り立ててくれたおかげで、誰よりも美しい花嫁になってこの場に立てている。

（ああ、とうとうこの日が来たのだわ……）

ウェディングドレスは、皇室のお抱えデザイナーの手による最高傑作だ。

胸元から袖にかけてたっぷりとレースがあしらわれ、布地には金糸で国花のユリが縫い付けられている。裾を翻すと、縫い止められている宝石が煌《きら》めきを放ち、ドレスの優美さを演出していた。

結い上げられた銀髪にはユリの花が刺繍されたヴェールが垂らしてある。それらすべてが、アルシオーネの美しさを存分に引き立てていた。

「アルシオーネ……ようやくそなたをお披露目できる」

「嬉しいですが、緊張しますわ……」

挙式が終われば、次に向かうのは城の正面に位置するバルコニーである。挙式が行われるこの日に帝国民を招き、ランベールとともに姿を見せることになる。

帝国民に姿を見せたのちは、皇家成婚の儀が祭場にて執り行われる予定だ。アルシオーネが初めて彼とともに行う公務である。

「皆、美しい花嫁に夢中になるだろう。私と同じように」

彼の言葉に微笑むと、両開きの重厚な扉が開いた。

色硝子《いろがらす》から射し込むまばゆいばかりの光に照らされ、ランベールとともに祭壇へ向かう。

左右の長椅子に座る列席者の中には、エヴラールやその恋人、アルシオーネの父母や兄の姿があった。

皆、一様にふたりを見ると、嬉しそうに微笑んでいる。

祭壇の前に到着すると、アルシオーネは胸がいっぱいになった。今にも目尻から涙が零《こぼ》れ落《お》ちそうだったが、懸命に堪える。今日は、涙よりも笑顔でいたかった。

（前世の記憶を思い出したときは、こんなに幸福になれるなんて思わなかったわ）

この場に立つまでに様々な出来事があった。それでも一貫して考えていたのは、ランベールの悲劇を回避し、幸せになってもらうことだ。

けれど、彼が幸福になるためには、アルシオーネ自身も必要だった。それが嬉しい。

彼と愛し合うことができたのは、前世の記憶が大いに関係していた。しかし、けっしてそれだけではない。その時々を必死に生きたからこそ、今この幸福がある。

成婚の儀には、列国の王族も招いている。その中のひとりに、大国パニシャの新国王も名を連ねている。ベントラント帝国とパニシャの新たな関係の始まりだ。

（ランベール様を支えられるように、努力していこう）

アルシオーネが決意を新たにしている間にも粛々と式が進み、指輪の交換の段になった。

彼に左手を取られ、左手の薬指に指輪を嵌めると、アルシオーネも同じように彼に指輪を嵌める。

神聖な儀式が恙《つつが》なく進む中、神父が次の儀式を促した。

「では、誓いのキスを」

ヴェールが上げられ、愛しい人の顔が近づいてくる。

感激したアルシオーネの大きな瞳から、とうとう涙がこぼれ落ちると、彼は頬に伝う涙を唇で拭ったのちに、誓いのキスをする。

(わたし……本当に、ランベール様の妻になったのだわ)

唇が離れると、ランベールの端正な顔に笑みが浮かぶ。普段めったに笑わない彼は、アルシオーネが目の前にいるときだけこうして笑ってくれる。

「そなたにこの冠を戴《いただ》く日を楽しみにしていた」

彼は神父から冠を受け取り、アルシオーネの頭にのせた。それは、皇太后から譲り受けることが叶わなかった妃の証の冠である。

「アルシオーネ、我が妃よ。私の生涯はそなたとこの帝国に捧げよう」

「ランベール様、わたくしの生涯もあなたと帝国に捧げます」

互いに誓いの言葉を述べると、大聖堂が暖かな空気に包まれた。

室内に漣《さざなみ》のような拍手が広がっていき、厳かな鐘の音が鳴り響く。

今、目の前にある現実は、原作とまったく変わってしまった。だが、未来が見えないことに不安はない。

彼を愛し、愛され、ともに歩んでいけば、悲劇など起こらないと思うから。

アルシオーネはランベールを見つめると、これから待つ幸せな未来を想像し、胸を弾ませるのだった。

あとがき

蜜猫文庫では初めまして。御厨翠と申します。このたびは、拙著をお手に取っていただき誠にありがとうございました。

本作はサブタイトルにもありますように、いわゆる『転生もの』になります。

生まれたときから前世を認識しているのか、それともある日突然に記憶が蘇るのか。前世は今世と同世界なのか、異世界なのかによっても物語が違ってきますが、今回は後者にしました。

転生した世界で未来に起きる悲劇を知り、回避に奮闘するヒロイン・アルシオーネと、彼女が可愛くてしかたなくなっていくヒーロー・ランベールの姿をお楽しみいただければ幸いです。


イラストは、Ｃｉｅｌ先生がご担当くださいました。

先生が担当された作品をたくさん読んできた私にとって、自作にイラストをつけていただけるのは大変光栄なことでした。表紙ラフを何度も眺めては喜びを噛み締め、完成を楽しみにしております。

Ｃｉｅｌ先生、ご多忙のところ素敵なイラストをありがとうございました。

商業デビューしてから、今年で丸十年になりました。長く続けてこられたのは、今まで応援してくださった皆様のおかげです。

いつもお世話になっております担当様や版元様。お手紙やＳＮＳなどで、温かなお言葉をくださる皆様。電子、紙書籍をご購入くださり、創作活動に前向きになれるご感想をくださる皆様。作品に携わってくださったすべての方々に感謝申し上げます。

忙しない日々の生活を送る中で、どうかこの物語が皆様の気分転換になりますように。

令和三年十月刊　御厨　翠

Mitsuneko Label

蜜猫文庫をお買い上げいただきありがとうございます。
この作品を読んでのご意見・ご感想をお聞かせください。
あて先は下記の通りです。

〒102-0075 東京都千代田区三番町 8 番地 1 三番町東急ビル 6F
(株)竹書房　蜜猫文庫編集部
御厨翠先生 /Ciel 先生

皇帝陛下の溺愛花嫁
結婚三日前に前世の記憶が蘇ったので全力で旦那様をお守りします

2021 年 10 月 29 日　初版第 1 刷発行

著　者　御厨翠　©MIKURIYA Sui 2021
発行者　後藤明信
発行所　株式会社竹書房
〒102-0075 東京都千代田区三番町 8 番地 1 三番町東急ビル 6F
email : info@takeshobo.co.jp
デザイン　antenna
印刷所　中央精版印刷株式会社